ジュニア版

写真で見る

俳句歳時記

春 1

監修：

東京都中学校国語教育研究会会長
東京都練馬区立開進第一中学校校長
長谷川秀一

東京都武蔵野市立第三中学校校長
原雅夫

協力：

社団法人
俳人協会

小峰書店

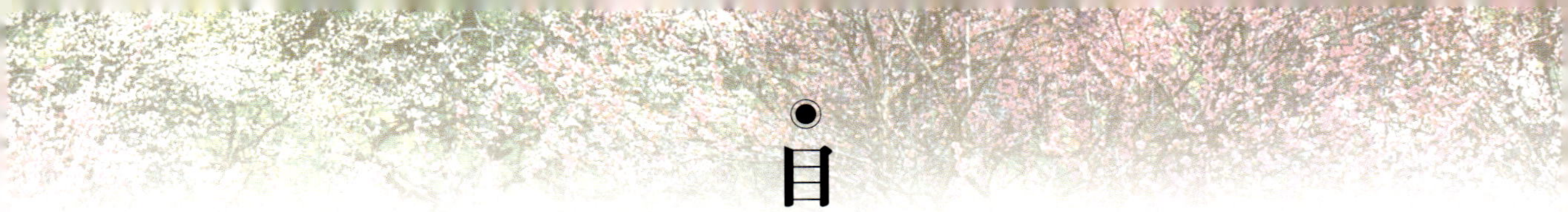

目次

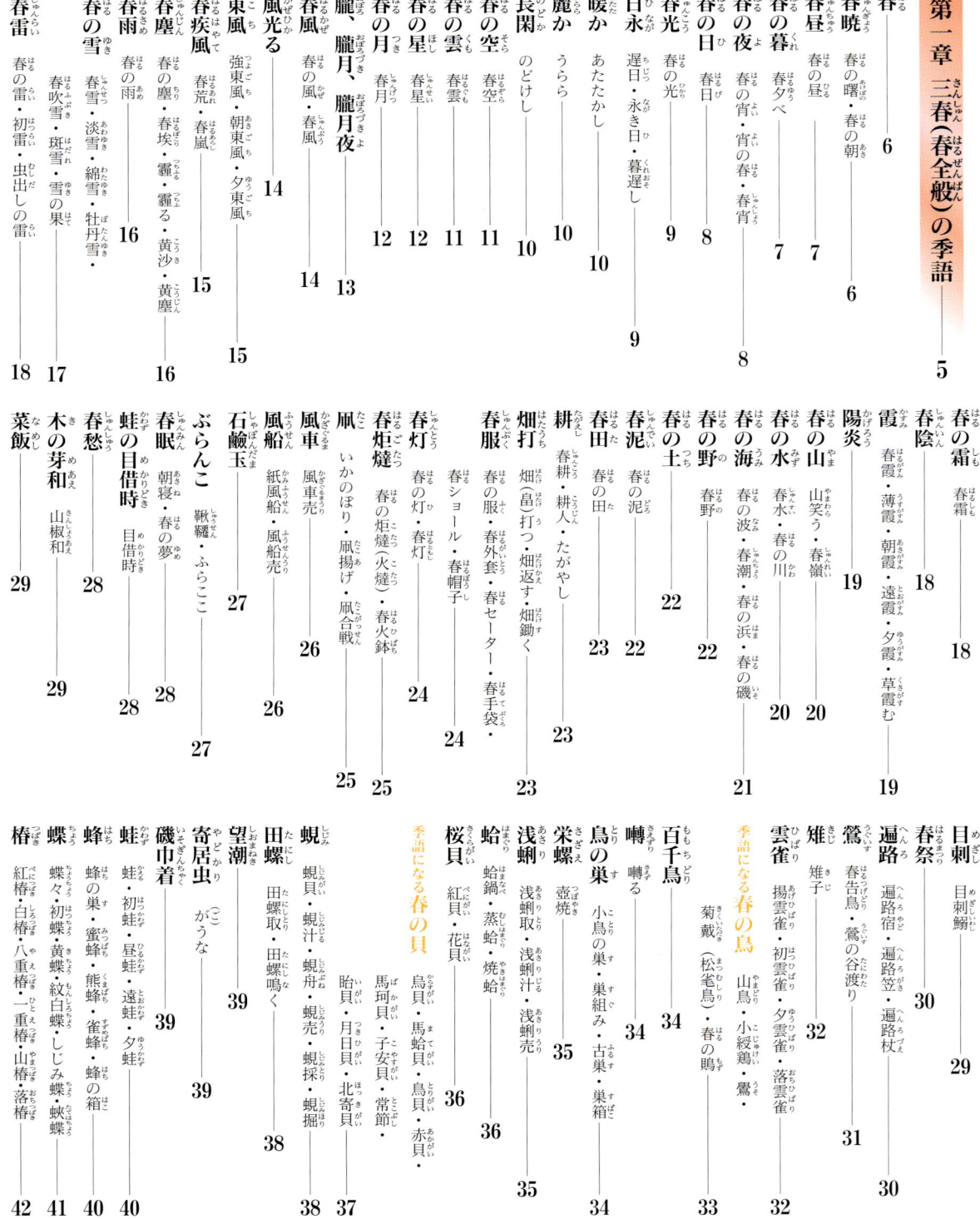

第二章　初春《しょしゅん》(二月ごろ)の季語 49

※目次の中の色文字は季語ではありません。
※見出し季語、および関連季語の五十音の索引は新年巻の巻末にあります。

本シリーズの特色

◆本シリーズは主に中学校の国語教育における、俳句《はいく》の学習に役立つものとして企画《きかく》した。さらに、小学校高学年の児童、あるいは高等学校の生徒が十分利用できる内容《ないよう》となるようにも配慮《はいりょ》した。

◆季語《きご》・例句《れいく》の選択《せんたく》は、中学校国語科教師《きょうし》を中心に行った。中学生に知っておいてもらいたい季語《きご》と、教科書掲載《けいさい》の例句《れいく》に加え、難解《なんかい》でなく優《すぐ》れた例句《れいく》などを厳選《げんせん》し、社団法人俳人協会《はいじんきょうかい》の俳句《はいく》実作者の校閲《こうえつ》を受けた。

◆季語解説《きごかいせつ》の執筆《しっぴつ》は、中学校国語科教師《きょうし》を中心に行い、社団法人俳人協会《はいじんきょうかい》の俳句《はいく》実作者の校閲《こうえつ》を受けた。中学生が理解《りかい》しやすいようにやさしい記述《きじゅつ》を心がけた。優《すぐ》れた写真家の美しいカラー写真を豊富《ほうふ》に使用して、理解《りかい》が深まるようにした。さらに、俳句《はいく》の鑑賞《かんしょう》や俳句《はいく》づくりに役立つ「俳句豆知識《はいくまめちしき》」も加え、より豊富《ほうふ》な知識《ちしき》が得られるようにした。

◆巻末資料《かんまつしりょう》では、「俳句《はいく》の歴史」、「代表的な俳人《はいじん》とその特色」、「俳句《はいく》の決まり」、「俳句《はいく》の味わい方」、「俳句《はいく》のつくり方」、「世界に広がる俳句《はいく》」の六つのテーマについて解説《かいせつ》し、俳句《はいく》の全体像《ぜんたいぞう》が理解《りかい》できるように努めた。

凡例

季語《きご》

◆季語《きご》は季節を表す語で、俳句《はいく》を詠《よ》むときに詠《よ》み込《こ》むことが俳句《はいく》では約束されている。本書では、中学生が俳句《はいく》の鑑賞《かんしょう》や俳句《はいく》づくりをするときに、重要であると思われる季語《きご》を見出し季語《きご》として取り上げた。また、その見出し季語《きご》から生まれた語や、言いかえた語、また、関連する語を関連季語《きご》として見出し季語《きご》の下に列記している。

◆季語《きご》は、次の基準《きじゅん》に従《したが》って、春・夏・秋・冬・新年に区分した。

春＝立春《りっしゅん》（二月四日ごろ）から立夏《りっか》（五月六日ごろ）の前日までのもの。

夏＝立夏《りっか》（五月六日ごろ）から立秋《りっしゅう》（八月八日ごろ）の前日までのもの。

秋＝立秋《りっしゅう》（八月八日ごろ）から立冬《りっとう》（十一月七日ごろ）の前日までのもの。

冬＝立冬《りっとう》（十一月七日ごろ）から立春《りっしゅん》（二月四日ごろ）の前日までのもの。

新年＝新年に関するもの。

◆季語《きご》の表記は、原則《げんそく》として現代《げんだい》かなづかいにした。ただし、例外（水草生《みくさお》ふなど）もある。漢字にはふりがなを付けた。歴史的かなづかいのものには、現代《げんだい》かなづかいのふりがなを（　）に示《しめ》した。

二十四節気《にじゅうしせっき》

二十四節気《にじゅうしせっき》とは、旧暦《きゅうれき》で、太陽の黄道上《こうどうじょう》の位置によって時候に名称《めいしょう》をつけたものである。

※現在《げんざい》の日はおおよその日を表す。

季節	月	異名	二十四節気	現在の日	季語の区分
春（三春）	一月	睦月《むつき》	**立春**《りっしゅん》・雨水《うすい》	2月4日・2月19日	初春《しょしゅん》
春（三春）	二月	如月《きさらぎ》	**啓蟄**《けいちつ》・春分《しゅんぶん》	3月6日・3月21日	仲春《ちゅうしゅん》
春（三春）	三月	弥生《やよい》	清明《せいめい》・穀雨《こくう》	4月5日・4月20日	晩春《ばんしゅん》
夏（三夏）	四月	卯月《うづき》	**立夏**《りっか》・小満《しょうまん》	5月6日・5月21日	初夏《しょか》
夏（三夏）	五月	皐月《さつき》	芒種《ぼうしゅ》・夏至《げし》	6月6日・6月21日	仲夏《ちゅうか》
夏（三夏）	六月	水無月《みなづき》	小暑《しょうしょ》・大暑《たいしょ》	7月7日・7月23日	晩夏《ばんか》
秋（三秋）	七月	文月《ふみづき》	**立秋**《りっしゅう》・処暑《しょしょ》	8月8日・8月23日	初秋《しょしゅう》
秋（三秋）	八月	葉月《はづき》	白露《はくろ》・秋分《しゅうぶん》	9月8日・9月23日	仲秋《ちゅうしゅう》
秋（三秋）	九月	長月《ながつき》	寒露《かんろ》・霜降《そうこう》	10月8日・10月23日	晩秋《ばんしゅう》
冬（三冬）	十月	神無月《かんなづき》	**立冬**《りっとう》・小雪《しょうせつ》	11月7日・11月22日	初冬《しょとう》
冬（三冬）	十一月	霜月《しもつき》	大雪《たいせつ》・冬至《とうじ》	12月7日・12月22日	仲冬《ちゅうとう》
冬（三冬）	十二月	師走《しわす》	小寒《しょうかん》・大寒《だいかん》	1月5日・1月20日	晩冬《ばんとう》

◆本巻（春1）の「三春《さんしゅん》」「初春《しょしゅん》」は、次の原則《げんそく》に従《したが》った。

三春《さんしゅん》＝春全体にわたる。

初春《しょしゅん》＝立春《りっしゅん》（二月四日ごろ）から啓蟄《けいちつ》（三月六日ごろ）の前日まで。

◆見出し季語《きご》の関連季語《きご》は、見出し季語《きご》の下に示《しめ》した。漢字にはすべてふりがなを付けた。

季語《きご》の解説《かいせつ》

◆季語《きご》の解説《かいせつ》は、原則《げんそく》として現代《げんだい》かなづかいで行った。

◆作品の引用のかなづかいは原文に従《したが》った。

◆常用漢字（一～四年の教育漢字を除《のぞ》く）、固有名詞《こゆうめいし》にはふりがなを付けた。

◆ふりがなは、引用された文章が歴史的かなづかいのものでも現代《げんだい》かなづかいとした。

◆年号は西暦年《せいれきねん》を使い、必要に応じて元号《げんごう》を（　）に示《しめ》した。

◆書名は『　』に入れて示《しめ》した。引用文や俳句《はいく》の引用は「　」に入れて示《しめ》した。

◆難解《なんかい》なことばには、脚注《きゃくちゅう》を付けた。

◆解説《かいせつ》のなかに登場する季語《きご》（関連季語《きご》）は、分かりやすいように太字で示《しめ》した。

例句《れいく》

◆俳人《はいじん》は、姓号《せいごう》、また姓名《せいめい》で示《しめ》した。

◆例句《れいく》には、すべてふりがなを付けた。

◆ふりがなは、現代語《げんだいご》の発音に従《したが》った。

◆繰《く》り返《かえ》しの記号（〱、ゝなど）は使用しなかった。

◆例句《れいく》のなかの歴史的かなづかいの部分には、現代《げんだい》かなづかいの表記をふりがなの位置に、（　）で示《しめ》した。

◆難解《なんかい》なことばには、脚注《きゃくちゅう》を付けた。

◆例句《れいく》の配列は、俳人《はいじん》の生年順とした。

第一章

三《さん》春《しゅん》の季語

春《はる》全《ぜん》般《ぱん》

「三春《さんしゅん》」の章に収録《しゅうろく》された季語は、
立春《りっしゅん》（二月初め）から立夏《りっか》（五月初め）の前日まで、
春全体にわたって使われるものである。

春暁《しゅんぎょう》　靄《もや》がかかった幻想的《げんそうてき》な明け方の風景。やがて靄《もや》が晴れ、春の朝に変わっていく。

春《はる》　桜《さくら》、連翹《れんぎょう》、辛夷《こぶし》など、さまざまな花が咲《さ》きみだれる春の山。春は、山も花の季節だ。

春《はる》

解説　**春**《はる》といえば、現代《げんだい》の生活感覚では三月、四月、五月である。しかし、俳句《はいく》では＊中国や日本古来の暦《こよみ》にしたがって、立春《りっしゅん》（二月四日ごろ）から立夏《りっか》（五月六日ごろ）の前日までとされているため、一般的《いっぱんてき》な感覚よりひと月ほどずれる。また、南北に長い日本列島では、実質的《じっしつてき》な春の訪《おとず》れの時期は地域《ちいき》によってかなり異《こと》なり、北海道や東北地方では三月とはいっても、まだ冬の色が濃《こ》い。

しかし、どの地方でも、春は、冬の寒さから解《かい》放《ほう》されて、人も動物も植物もすべてが活動を始める季節である。冬の枯《か》れ色の野山は生き返り、草木は芽を吹《ふ》き、さまざまな花も咲《さ》きみだれる。

鐘一《かねひと》つ売《う》れぬ日《ひ》はなし江戸《えど》の春《はる》　榎本《えのもと》其角《きかく》

窓《まど》あけて窓《まど》いつ（っ）ぱいの春《はる》　種田《たねだ》山頭火《さんとうか》

＊蟇《ひき》ないて＊唐招提寺《とうしょうだいじ》春《はる》いづ（ず）こ　水原《みずはら》秋櫻子《しゅうおうし》

麗《うるわ》しき春《はる》の＊七曜《しちよう》またはじまる　山口《やまぐち》誓子《せいし》

春《はる》ひとり槍投《やりな》げて槍《やり》に歩《あゆ》み寄《よ》る　能村《のむら》登四郎《としろう》

バスを待《ま》ち大路《おおじ》の春《はる》をうたがはず（わ）　石田《いしだ》波郷《はきょう》

＊中国や日本古来の暦《こよみ》＝月の運行を基準《きじゅん》にした太陰暦《たいいんれき》（旧暦《きゅうれき》）のこと。
＊蟇《ひき》＝ひきがえる。　＊唐招提寺《とうしょうだいじ》＝奈良《なら》市にある古寺。奈良《なら》時代に、中国の高僧《こうそう》、鑑真《がんじん》が建立《こんりゅう》。　＊七曜《しちよう》＝一週間。

春暁《しゅんぎょう》

春《はる》の曙《あけぼの》・春《はる》の朝《あさ》

解説　春の明け方のこと。古くから日本人は、まだ完全に夜の明けきらない、この時期の明け方に春らしさを感じとった。

清少納言《せいしょうなごん》は『＊枕草子《まくらのそうし》』で、日本の四季のなかでそれぞれもっとも趣《おもむき》のある時間帯を挙《あ》げている。それによると「春はあけぼの」がよいという。「だんだん東の空が白み始め、山の稜線《りょうせん》がはっきりしてくる。やがて山の上に細くたなびいた雲が紫色《むらさきいろ》に輝《かがや》き始《はじ》める。」こんな情景《じょうけい》が見られる夜明けが、春の景色として最高だというのである。

春暁《しゅんぎょう》のひとときが過《す》ぎるとあたりが明るくなり、人々の活動が始まる。**春**《はる》**の朝**《あさ》になったのだ。

＊『枕草子《まくらのそうし》』＝平安《へいあん》時代に成立したわが国最初の随筆《ずいひつ》。

春暁《しゅんぎょう》や田水《たみず》にすつ（っ）と日《ひ》が走《はし》り　松村《まつむら》蒼石《そうせき》

春暁《しゅんぎょう》の草木《くさき》の眠《ねむ》りうつくしく　大場《おおば》白水郎《はくすいろう》

春暁《しゅんぎょう》の雲《くも》とびとびや＊桜島《さくらじま》　阿波野《あわの》青畝《せいほ》

春暁《しゅんぎょう》や人《ひと》こそ知《し》らね木々《きぎ》の雨《あめ》　日野《ひの》草城《そうじょう》

長《なが》き長《なが》き春暁《しゅんぎょう》の貨車《かしゃ》なつかしき　加藤《かとう》楸邨《しゅうそん》

物思《ものおも》ふ（う）春《はる》あけぼのの明《あか》るさに　高木《たかぎ》晴子《はるこ》

＊桜島《さくらじま》＝鹿児島湾《かごしまわん》にある火山。

春昼《しゅんちゅう》　のんびりと農作業をすすめる農家の人たち。

春昼《しゅんちゅう》

春《はる》の昼《ひる》

解説　春の昼間のこと。春の昼はのんびりと明るい。体も何となくものうく、うとうとと眠《ねむ》りを誘《さそ》われるようである。そんなのどかな時間帯が**春昼**《しゅんちゅう》であり、**春**《はる》**の昼**《ひる》である。

きびしい寒さに身をちぢめて過《す》ごした冬が終わり、春の訪《おとず》れとともに人々は緊張感《きんちょうかん》から解放《かいほう》され、のどかな日々を送る。

春《はる》の昼《ひる》

春昼《しゅんちゅう》や映《うつ》し映《うつ》れる壺二《つぼふた》つ　三宅清三郎《みやけせいざぶろう》

春昼《しゅんちゅう》や魔法《まほう》の利《き》かぬ魔法壜《まほうびん》　安住《あずみ》　敦《あつし》

春昼《しゅんちゅう》のすぐに鳴《な》りやむオルゴール　木下《きのした》　夕爾《ゆうじ》

飛《と》ぶ鳥《とり》を飛《と》ぶ鳥《とり》越《こ》ゆる春《はる》の昼《ひる》　太田《おおた》　紫苑《しおん》

春昼《しゅんちゅう》の指《ゆび》とどまれば琴《こと》も止《や》む　野澤《のざわ》　節子《せつこ》

春昼《しゅんちゅう》の*蟇一尺《ひきいっしゃく》をうごきたる　宇佐美《うさみ》魚目《ぎょもく》

＊蟇一尺《ひきいっしゃく》をうごきたる＝ひきがえるが一尺《しゃく》動いた。一尺《しゃく》は昔の長さの単位で、約30センチ。

春《はる》の暮《くれ》　日が落ち、菜の花畑もしだいに暮《く》れていく。

春《はる》の暮《くれ》

春夕《はるゆう》べ

解説　冬にくらべ春は日が長くなる。長い一日も太陽が傾《かたむ》き、やがて暮《く》れてゆく。その暮《く》れる前のひとときが**春**《はる》**の暮**《くれ》であり、**春夕**《はるゆう》**べ**である。うららかな春の日の夕暮《ゆうぐ》れどきは、穏《おだ》やかでどこかけだるい感じさえともなう。

春《はる》**の暮**《くれ》のほうが**春夕**《はるゆう》**べ**より、より夜に近いという感じはあるが、大きなちがいはない。**春夕**《はるゆう》**べ**、**春**《はる》**の暮**《くれ》からやがて**春**《はる》**の宵**《よい》になり**春**《はる》**の夜**《よ》（8ページ参照）へとつながってゆくのである。

春《はる》**の暮**《くれ》は、昔は春という季節の終わりを表す**暮**《ぼ》**春**《しゅん》（春2巻71ページ参照）としても使われていたが、今では春の夕暮《ゆうぐ》れをさすことが多い。

春《はる》の暮《くれ》家路《いえじ》に遠《とお》き人《ひと》ばかり　与謝《よさ》　蕪村《ぶそん》

人寂《ひとさび》し優《やさ》し怖《おそ》ろし春《はる》の暮《くれ》　永田《ながた》　耕衣《こうい》

春夕《はるゆう》べ襖《ふすま》に手《て》をかけ母来《ははき》給《たま》ふ《(う)》　石田《いしだ》　波郷《はきょう》

立《た》ちつくす春《はる》の夕日《ゆうひ》に涙《なみだ》して　鈴木六林男《すずきむりお》

自転車《じてんしゃ》で波《なみ》を見《み》に行《ゆ》く春《はる》の暮《くれ》　森《もり》　澄雄《すみお》

家《いえ》を出《で》て家《いえ》に帰《かえ》りぬ春《はる》の暮《くれ》　藤田《ふじた》　湘子《しょうし》

春《はる》の夜《よ》　満開の桜《さくら》の花の下で、花見の宴《えん》が行われる。

春《はる》の夜《よ》

春《はる》の宵《よい》・宵《よい》の春《はる》・春宵《しゅんしょう》

解説　夜の時間は、夕、宵《よい》、夜と変化する。春の一日が暮《く》れるころが**春夕《はるゆう》べ**(7ページ参照)、暮《く》れて間もないころが**春《はる》の宵《よい》**、夜が深まりあたりが闇《やみ》に包まれたころが**春《はる》の夜《よ》**である。

春《はる》の宵《よい》は、夜にはまだ早いひとときで、どこかロマンチックな気配が漂《ただよ》う。また、**春《はる》の夜《よ》**には、どこかなつかしく、しっとりと美しい感じがともなう。

騒《さわ》がしかった人の動きが止まった静かな夜には、過《す》ぎた日の思い出があれこれと浮《う》かんできて寝《ね》つけなかったりする。春の夜は、人を物思いにふけさせる時間帯である。

*公達《きんだち》に狐化《きつねば》けたり宵《よい》の春《はる》　与謝《よさ》　蕪村《ぶそん》

春《はる》の夜《よ》やくらがり走《はし》る小提灯《こちょうちん》　正岡《まさおか》　子規《しき》

時計屋《とけいや》の時計春《とけいはる》の夜《よ》どれがほんと　久保田万太郎《くぼたまんたろう》

春宵《しゅんしょう》や駅《えき》の時計《とけい》の五分経《ごふんた》ち　中村《なかむら》　汀女《ていじょ》

春《はる》の夜《よ》のつめたき掌《て》なりかさねおく　長谷川素逝《はせがわそせい》

春《はる》の夜《よ》を手足《てあし》を使《つか》ひ(い)赤子泣《あかごな》く　森《もり》　澄雄《すみお》

＊公達《きんだち》＝平安《へいあん》時代の貴族《きぞく》の子弟《してい》のこと。

春《はる》の日《ひ》　うららかな春の一日、ボートに乗って花見を楽しむ。

春《はる》の日《ひ》

春日《はるび》

解説　**春《はる》の日《ひ》**には二つの意味がある。
①うららかで穏《おだ》やかな春の一日。
②暖《あたた》かく、明るい春の太陽。

春《はる》の日《ひ》、**春日《はるび》**は、①、②両方の意味をもつ言葉である。俳句《はいく》の中で使われた場合、①、②のどちらか一つには決められないときもある。

実際《じっさい》の春は日ごとに天候が変わり、気温も激《はげ》しく変動する。しかし全体として考えたとき、きびしい寒さの冬、きびしい暑さの夏の間にあって万物の生命を育て、人の心をなごませる季節が春である。人々はこうした喜びの心をもって春《はる》の日《ひ》、春日《はるび》を味わうのである。

春《はる》の日《ひ》や庭《にわ》に雀《すずめ》の砂《すな》あびて　上島《うえじま》　鬼貫《おにつら》

春《はる》の日《ひ》や高《たか》くとまれる尾長鶏《おながどり》　村上《むらかみ》　鬼城《きじょう》

大《おお》いなる春日《はるび》の翼垂《つばさた》れてあり　鈴木《すずき》　花蓑《はなみの》

美《うつく》しき春日《はるび》こぼるる手《て》をかざし　中村《なかむら》　汀女《ていじょ》

春《はる》の日《ひ》やポストのペンキ地《ち》まで塗《ぬ》る　山口《やまぐち》　誓子《せいし》

春日《はるび》いま人働《ひとはたら》かす明《あか》るさに　岡本《おかもと》　眸《ひとみ》

春《はる》の光《ひかり》　春の日ざしをうけて輝《かがや》くブナの若葉《わかば》。

春光《しゅんこう》

春《はる》の光《ひかり》

解説　**春光**《しゅんこう》は、春の景色のこと。明るく生命感にあふれた春の日ざしをともなう景色のことをさす。近ごろは、**春**《はる》**の光**《ひかり》という意味でも使う。

万物は眠《ねむ》っているように冬に耐《た》えている。やがて春の暖《あたた》かな日ざしが雪をとかし始め、大地に生命を与《あた》える。万物が動き出し、やわらかく明るい日ざしがあたりに満ちる。寒色の光で描《えが》かれていた世界が、さまざまな色彩《しきさい》があふれる世界に変わる。その景色が**春光**《しゅんこう》である。

春光《しゅんこう》

鳥《とり》の羽《は》に見初《みそむ》る春《はる》の光《ひかり》かな　三浦《みうら》　樗良《ちょら》

春来《はるく》れば＊路傍《ろぼう》の石《いし》も光《ひかり》あり　高浜《たかはま》　虚子《きょし》

通《かよ》ひ《(い)》路《じ》の春光《しゅんこう》ふかき＊薔薇垣《そうびがき》　西島《にしじま》　麦南《ばくなん》

ひとすぢ《(じ)》の春《はる》のひかりの＊厨水《くりやみず》　木下《きのした》　夕爾《ゆうじ》

うれしさは春《はる》のひかりを手《て》に掬《まと》ひ《(い)》　野見山《のみやま》朱鳥《あすか》

春光《しゅんこう》を砕《くだ》きては波《なみ》かがやかに　稲畑《いなはた》　汀子《ていこ》

＊路傍《ろぼう》＝道ばた。　＊薔薇垣《そうびがき》＝薔薇《ばら》の垣根《かきね》。
＊厨水《くりやみず》＝台所の水。

日永《ひなが》　日永《ひなが》の一日、人々はチューリップ畑で過《す》ごす。

日永《ひなが》

遅日《ちじつ》・永《なが》き日《ひ》・暮遅《くれおそ》し

解説　春になって、日が長くなることをいう。

昼と夜の時間は春分《しゅんぶん》のころに同じになり、それ以後は少しずつ昼の時間が長くなる。もっとも日が長いのは夏至《げし》のときだが、日が長くなったと感じるのは春である。冬は日が短く、**短日**《たんじつ》（冬巻7ページ参照）という季語もある。寒い冬を越《こ》してきて春を迎《むか》えた喜びとのどかさが、**日永**《ひなが》の語感に含《ふく》まれている。

遅日《ちじつ》も**日永**《ひなが》と同じ意味だが、**日永**《ひなが》が昼間の長くなったことに重きをおく言葉であるのに対して、**遅日**《ちじつ》は暮《く》れ方《かた》が遅《おそ》くなったという思いを強く表す言葉である。

永《なが》き日《ひ》に富士《ふじ》のふくれる思《おも》ひ《(い)》あり　正岡《まさおか》　子規《しき》

永《なが》き日《ひ》や欠伸《あくび》うつして別《わか》れ行《ゆ》く　夏目《なつめ》　漱石《そうせき》

この庭《にわ》の遅日《ちじつ》の石《いし》のいつまでも　高浜《たかはま》　虚子《きょし》

暮《く》れおそき草木《くさき》の影《かげ》をふみにけり　五十崎《いかざき》古郷《こきょう》

永《なが》き日《ひ》のにはと《(わ)》り柵《さく》を越《こ》えにけり　芝《しば》　不器男《ふきお》

永《なが》き日《ひ》のうしろへ道《みち》の伸《の》びてを《(お)》り　村越《むらこし》　化石《かせき》

長閑《のどか》　梅《うめ》の花が咲《さ》く里山。のんびりと時が流れていくようだ。

麗《うらら》か　穏《おだ》やかに晴れた春、川をわたる風も優《やさ》しく、桜《さくら》の花も美しい。

暖《あたた》か

あたたかし

解説 心地よい春の陽気を、**暖《あたた》か**という。冬の寒さから解放《かいほう》された喜びを表す、春らしい言葉だ。

ところで、俳句《はいく》では四季の気温の受けとめ方のちがいを、春は**暖《あたた》か**、夏は**暑《*あつ》し**、秋は**冷《*ひや》やか**、冬は**寒《*さむ》し**という季語でいい分けている。日本人の季節感覚のこまやかさがわかる。

*暑《あつ》しは夏1巻6ページ、冷《ひや》やかは秋巻59ページ、寒《さむ》しは冬巻9ページを参照。

納屋《なや》の雨暖《あめあたた》かに藁匂《わらにお》ひ（い）けり　武田《たけだ》 鶯塘《おうとう》

肩《かた》に手《て》をかけて話《はな》せば暖《あたた》かし　大場白水郎《おおばはくすいろう》

暖《あたた》かや飴《*あめ》の中《なか》から桃太郎《ももたろう》　川端《かわばた》 茅舎《ぼうしゃ》

あたたかや布巾《ふきん》にふの字《じ》ふつ（っ）くらと　片山由美子《かたやまゆみこ》

*飴《あめ》＝細長くて、どこで切っても同じ模様《もよう》が現《あらわ》れる飴《あめ》のこと。

麗《うらら》か

うらら

解説 **麗《うらら》か**、**うらら**は、どちらも春の日がうるわしくなごやかに照りわたり、あらゆるものがやわらかく美しく見えるようすである。

「麗」という漢字は「麗人《れいじん》」（美しい女性《じょせい》）のように、形が整っていてうるわしいという意味もあるが、日本では古くから、晴れてのどかな天候を表す言葉として用いられてきた。

麗《うらら》かや松《まつ》を離《はな》るる鳶《*とび》の笛《ふえ》　川端《かわばた》 茅舎《ぼうしゃ》

うららかや猫《ねこ》にものいふ（う）妻《つま》のこゑ（え）　日野《ひの》 草城《そうじょう》

島《しま》うららバスのゆくてに牛《うし》がまた　大島《おおしま》 民郎《たみろう》

うららかや海《うみ》に入《い》りたき川《かわ》の魚《うお》　鷹羽《たかは》 狩行《しゅぎょう》

*鳶《とび》の笛《ふえ》＝鳶《とび》がピーヒョロロと鳴く声のこと。

長閑《のどか》

のどけし

解説 春の晴れた日ののんびりと穏《おだ》やかな感じをいう。中国には、春風がのどかに吹《ふ》くようすを表す「春風駘蕩《しゅんぷうたいとう》」という言葉があるが、中国も日本も「春」の特徴《とくちょう》に「のどかさ」を感じとっているのである。**麗《うらら》か**は明るい陽光の美しさが、**長閑《のどか》**は長くなった一日ののんびりした感じが中心になっている点に、わずかながらちがいがある。

長閑《のどか》さや浅間《*あさま》のけぶり昼《ひる》の月《つき》　小林《こばやし》 一茶《いっさ》

大仏《だいぶつ》のうしろ姿《すがた》も長閑《のどか》なり　正岡《まさおか》 子規《しき》

のどかさに寝《ね》てしまひ（い）けり草《くさ》の上《うえ》　松根《まつね》 東洋城《とうようじょう》

嫁入《よめい》りを見《み》に出《で》はらつ（っ）て家《いえ》のどか　富田《とみた》 木歩《もっぽ》

*浅間《あさま》＝群馬《ぐんま》県と長野県の県境《けんざかい》にある浅間山《あさまやま》のこと。

春《はる》の空《そら》　空全体に薄《うす》い雲がベールのようにかかった春の空の下に、青麦の畑が広がる。

春《はる》の空《そら》

春空《はるぞら》

解説　春になると大陸から移動性高気圧《いどうせいこうきあつ》がやってくる。この移動性高気圧《いどうせいこうきあつ》が日本列島をおおったときには陽気がよくなり、のどかな天気になる。

ときには、一片《いっぺん》の雲もない青空になるときもあるが、このころは高気圧《こうきあつ》とともに低気圧《ていきあつ》もあいついで日本を通るため、どちらかというと何となく白くかすんだ晴れの日が多い。このような霞《かすみ》がかかった空が**春《はる》の空《そら》**であり、どこまでも高く青く澄《す》んだ***秋《あき》の空《そら》**とは対照的である。

春空《はるぞら》

春《はる》の空《そら》人仰《ひとあお》ぎゐ《(い)》る我《われ》も見《み》る　高浜《たかはま》虚子《きょし》

春空《はるぞら》に鞠《まり》とどまるは落《お》つるとき　橋本《はしもと》多佳子《たかこ》

春空《はるぞら》に身《み》一《ひと》つ容《い》るるだけの塔《とう》　中村草田男《なかむらくさたお》

仰《あお》ぐこと多《おお》くなり春《はる》の空《そら》となる　加倉井《かくらい》秋《あき》を

首長《くびなが》ききりんの上《うえ》の春《はる》の空《そら》　後藤《ごとう》比奈夫《ひなお》

春《はる》の空《そら》いきなり虻《あぶ》の流《なが》れけり　大串《おおぐし》章《あきら》

＊秋《あき》の空《そら》＝秋巻10ページを参照。

春《はる》の雲《くも》

春雲《はるぐも》

解説　**春《はる》の雲《くも》**には二通りある。一つは薄《うす》く空一面にはいたように現《あらわ》れる雲で、巻層雲《けんそううん》という高層雲《こうそううん》である。おぼろ雲ともいう。この雲は温暖前線《おんだんぜんせん》の通過《つうか》によって生じることが多いので、次の日は雨になりやすい。俳句《はいく》で**春《はる》の雲《くも》**というと、この雲をさすことが多い。この雲がかかった曇《くも》り空《ぞら》を**花曇《はなぐもり》**(春2巻36ページ参照)ということがある。春の雲の多くは、はっきりとした形をなさず、うっすらと空に広がり、見る人の心を安らかにしてくれる。

もう一つは、空にぽっかり浮《う》かぶ白い雲、積雲《せきうん》である。春になって日ざしが増《ま》したことにより、上昇気流《じょうしょうきりゅう》がおきてできる綿《わた》のような雲である。

そこを行《ゆ》く春《はる》の雲《くも》あり*手《て》を上《あ》げぬ　高浜《たかはま》虚子《きょし》

ふんはり《(わ)》と置《お》かれたりける春《はる》の雲《くも》　相生垣《あいおいがき》瓜人《かじん》

春《はる》の雲《くも》ながめてを《(お)》ればうごきけり　日野《ひの》草城《そうじょう》

鯉《こい》浮《う》いて山《やま》の春雲《はるぐも》一《ひと》つ喰《く》ふ《(う)》　森《もり》澄雄《すみお》

田《た》に人《ひと》のゐ《(い)》るやすらぎに春《はる》の雲《くも》　宇佐美《うさみ》魚目《ぎょもく》

*忘《わす》れ潮《じお》いくたび春《はる》の雲通《くもとお》る　大嶽《おおたけ》青児《せいじ》

＊手を上げぬ＝手を上げた。
＊忘《わす》れ潮《じお》＝潮《しお》がひいたあとに岩のくぼみなどに海水が残っていること。潮《しお》だまり。

春《はる》の星《ほし》　南の空に輝《かがや》く星々。

春《はる》の月《つき》　桜《さくら》の花の上で輝《かがや》く満月。

春《はる》の星《ほし》

春星《しゅんせい》

解説 星そのものはいつの季節にも見えるものなので、それぞれの季節の星を俳句《はいく》に詠《よ》むときは、**春《はる》の星《ほし》**、**夏《なつ》の星《ほし》**、**冬《ふゆ》の星《ほし》**（冬巻12ページ参照）と、季節を上につけて季語とする。ただし、空気が澄《す》んで星が美しく見える秋には、とくに、***天《あま》の川《がわ》**、**流星《りゅうせい》**、**星月夜《ほしづきよ》**（月がなく、たくさんの星が月のように明るく輝《かがや》く夜のこと）といった星に関する季語が、多く定められている。

春、暖《あたた》かくなると夜空の星は、淡《あわ》くうるんだように見える。その光は、優《やさ》しく、暖《あた》かい。北の空には北斗七星《ほくとしちせい》が、西の空には天《あま》の川《がわ》がかかる。

＊天《あま》の川《がわ》は秋巻39ページ、流星《りゅうせい》と星月夜《ほしづきよ》は秋巻11ページを参照。

春《はる》の月《つき》

春月《しゅんげつ》

解説 **月《つき》**（秋巻12ページ参照）は秋の季語である。澄《す》んだ秋空にこうこうと輝《かがや》く月は、日本人がもっとも美しいものの一つとして尊重《そんちょう》したものだった。短歌などにも秋の名月を詠《よ》んだ名歌が多い。

ところで、日本人は**春《はる》の月《つき》**もまた深く愛した。秋の月とは異《こと》なる春の月のもつ温かさ、優《やさ》しさにも心ひかれたのである。日本の絵画を見ると、秋の月は輪郭《りんかく》がはっきり描《えが》かれるのに対し、春の月はぼんやりと描《えが》かれる場合が多い。日本人が秋の月と春の月を対照的にとらえていることがよくわかる。春の月のほのぼのとした温かさに、日本人は心がなごんだ。

＊乗鞍《のりくら》のかなた春星《しゅんせい》かぎりなし　前田《まえだ》普羅《ふら》

火《ひ》の山《やま》の太《ふと》き煙《けむり》に春《はる》の星《ほし》　高野《たかの》素十《すじゅう》

名《な》ある星春星《ほししゅんせい》としてみなうるむ　山口《やまぐち》誓子《せいし》

牧《まき》の牛濡《うしぬ》れて春星満《しゅんせいみ》つるかな　加藤《かとう》楸邨《しゅうそん》

かの曲《きょく》の耳《みみ》にのこりて春《はる》の星《ほし》　福田《ふくだ》蓼汀《りょうてい》

春《はる》の星《ほし》またたきあひ（い）て近《ちか》よらず　成瀬《なるせ》櫻桃子《おうとうし》

＊乗鞍《のりくら》＝長野県と岐阜《ぎふ》県の県境《けんざかい》にある乗鞍岳《のりくらだけ》のこと。

＊清水《きよみず》の上《うえ》から出《で》たり春《はる》の月《つき》　森川《もりかわ》許六《きょりく》

春《はる》の月《つき》さはら（わ）ば＊雫《しずく》たりぬべし　小林《こばやし》一茶《いっさ》

蹴《け》あげたる鞠《まり》のごとくに春《はる》の月《つき》　富安《とみやす》風生《ふうせい》

外《と》にも出《で》よ触《ふ》るるばかりに春《はる》の月《つき》　中村《なかむら》汀女《ていじょ》

砂《すな》の上《え》に波《なみ》ひろがりぬ春《はる》の月《つき》　橋本《はしもと》鶏二《けいじ》

＊紺絣春月重《こんがすりしゅんげつおも》く出《い》でしかな　飯田《いいだ》龍太《りゅうた》

＊清水《きよみず》＝京都市東山区《ひがしやまく》の清水寺《きよみずでら》付近の地名。

＊雫《しずく》たりぬべし＝雫《しずく》がたれるだろう。

＊紺絣《こんがすり》＝紺地《こんじ》に白い模様《もよう》がある着物のこと。

朧月夜《おぼろづきよ》　夜空にぼんやりと輝《かがや》く朧月《おぼろづき》、その月が優《やさ》しく照らす満開の桜並木《さくらなみき》と、夜桜《よざくら》を味わう人々、そして、山と川。日本の春の夜を代表する風景である。

朧《おぼろ》 朧月《おぼろづき》 朧月夜《おぼろづきよ》

解説　春になると大陸からの高気圧《こうきあつ》が東に向かい、水蒸気《すいじょうき》を多く含《ふく》んだ南風を誘《さそ》いこむようになる。空気中に水蒸気《すいじょうき》が多くなると、もやができやすくなり、万物がぼんやりかすんだように見える。このような春の夜のようすを**朧**《おぼろ》という。

空にかかる月も輪郭《りんかく》がはっきりしない。薄《うす》いヴェールをかぶったような春の月が**朧月**《おぼろづき》。また、この朧月《おぼろづき》が空にかかっている夜を**朧月夜**《おぼろづきよ》という。

朧月《おぼろづき》のかかるころは、桜《さくら》の満開の時期と重なる。人々の心は浮《う》かれ、朧月《おぼろづき》の下、ぼんぼりに照らされた満開の夜桜《よざくら》の下で春を満喫《まんきつ》するのである。

朧《おぼろ》、**朧月**《おぼろづき》、**朧月夜**《おぼろづきよ》は、古くから多くの俳人《はいじん》が好んで用いた季語である。

*大原《おおはら》や蝶《ちょう》の出《で》て舞《ま》ふ(う)朧月《おぼろづき》　内藤《ないとう》丈草《じょうそう》
*指貫《さしぬき》を足《あし》でぬぐ夜《よ》や朧月《おぼろづき》　与謝《よさ》蕪村《ぶそん》
くもりたる古鏡《こきょう》の如《ごと》し朧月《おぼろづき》　高浜《たかはま》虚子《きょし》
風呂《ふろ》の戸《と》にせまりて谷《たに》の朧《おぼろ》かな　原《はら》石鼎《せきてい》
*灯明《とうみょう》に離《はな》れて坐《すわ》る朧《おぼろ》かな　斎藤《さいとう》梅子《うめこ》
古墳《こふん》よりとびたつ鳥《とり》や朧月《おぼろづき》　杉岡《すぎおか》せん城《じょう》

*大原《おおはら》＝京都市左京区《さきょうく》にある地域《ちいき》。
*指貫《さしぬき》＝すそをひもでくくってはく袴《はかま》。
*灯明《とうみょう》＝神仏に供《そな》える灯火《とうか》。

海朧《うみおぼろ》　朧月《おぼろづき》に照らされた春の海。あたりには、ゆったりと寄《よ》せては返す波の音がひびく。

俳句豆知識　朧《おぼろ》にこめられた春の夜の趣《おもむき》

朧月《おぼろづき》に代表されるように、朧《おぼろ》は視覚的《しかくてき》に物がぼんやりかすんで見えることだけを表すと思われがちだが、それだけではない。たとえば、どこからともなくあたりに響《ひび》く鐘《かね》の音を**鐘朧**《かねおぼろ》、ほのかな潮《しお》の香《かお》りや波の音さえ感じられる**海朧**《うみおぼろ》、萌《も》え出《で》た若草《わかくさ》のやわらかな香《かお》りが感じられる**草朧**《くさおぼろ》などの季語もある。聴覚《ちょうかく》や嗅覚《きゅうかく》など、さまざまな感覚を駆使《くし》して春の夜のゆったりとした情感《じょうかん》を味わうものである。

夜の**朧**《おぼろ》は、昼の*霞《かすみ》とともに、春のゆったりとした雰囲気《ふんいき》を表す代表的な季語である。

*霞《かすみ》＝19ページを参照。

春風《はるかぜ》　蒲公英《たんぽぽ》の綿毛《わたげ》を飛ばす。

春風《はるかぜ》

春《はる》の風《かぜ》・春風《しゅんぷう》

解説　気象の変化の激《はげ》しい春は、北の冷たい空気と南の暖《あたた》かい空気が、互《たが》いに入《い》り乱《みだ》れて大風を吹《ふ》かせ、気温を激《はげ》しく上昇《じょうしょう》させる。一方、その合い間にはのどかで静かな日もある。そういう日には、ゆったりとしたおだやかな風がほおをなでてゆく。この暖《あたた》かくのどかな風が**春風**《はるかぜ》である。

人々は春風《はるかぜ》に吹《ふ》かれるときびしかった冬を忘《わす》れ、心なごみながら春の優《やさ》しさを実感する。

春に吹《ふ》く風としては、このほかに**東風**《こち》（15ページ参照）や、**春疾風**《はるはやて》（15ページ参照）、**春一番**《はるいちばん》（春2巻8ページ参照）などがある。それぞれの言葉の意味のちがいを知っておこう。

春風《はるかぜ》や堤長《つつみなご》うして家遠《いえとお》し　与謝《よさ》　蕪村《ぶそん》

春風《はるかぜ》の吹《ふ》いて居《い》るなり飴細工《あめざいく》　河東碧梧桐《かわひがしへきごとう》

春風《しゅんぷう》や闘志《とうし》いだきて丘《おか》に立《た》つ　高浜《たかはま》　虚子《きょし》

泣《な》いてゆく向《むこ(う)》ふに母《はは》や春《はる》の風《かぜ》　中村《なかむら》　汀女《ていじょ》

鏡《かがみ》より抜《ぬ》けて理髪師《りはつし》春風《はるかぜ》に　古舘《ふるたち》　曹人《そうじん》

長男《ちょうなん》として春風《はるかぜ》の家《いえ》にあり　森田《もりた》　峠《とうげ》

風光る《かぜひかる》　明るい春の日を浴びた葉が風にそよぐ。

風光る《かぜひかる》

解説　麗《うらら》かに晴れた春の日に、やわらかな風が吹《ふ》きわたり、風が光るように感じられる。

もう吹《ふ》く風に冬の冷たさはない。萌《も》え出《で》た新しい緑が、明るい日ざしをあびてきらきらと輝《かがや》く。辛夷《こぶし》や白木蓮《はくもくれん》などの花も暖《あたた》かい光とやわらかな風を受けて真っ白に輝《かがや》いている。街の中にも光が満ち、やわらかな風が吹《ふ》き、少女たちがいつもより美しく見える。海辺でも、やわらかな春の日ざしを受けて、きらきらと輝《かがや》く海は、どこまでものどかで美しい。

風光る《かぜひか》は、そのような風景をとらえた季語であり、春の風の特色の一つを表した言葉である。

風光《かぜひか》る閃《ひらめ》きのふと鋭《するど》けれ　池内友次郎《いけのうちともじろう》

天空《てんくう》に富士《ふじ》ころがれり風光《かぜひか》る　浅羽《あさば》　緑子《りょくし》

*海女《あま》の子《こ》の吹《ふ》く水笛《みずぶえ》に風光《かぜひか》る　野見山《のみやま》ひふみ

宛書《あてがき》はウインブルドン*風光《かぜひか》る　川崎《かわさき》　展宏《てんこう》

風光《かぜひか》りすなは《(わ)》ちもののみな光《ひか》る　鷹羽《たかは》　狩行《しゅぎょう》

新《あたら》しき辞書《じしょ》を手《て》にして風光《かぜひか》る　菅沼《すがぬま》　琴子《ことこ》

＊海女《あま》＝海にもぐって漁をする女性《じょせい》。

＊ウインブルドン＝イギリス・ロンドン南部の地区。テニスの四大大会の一つである、全英《ぜんえい》オープンの開催地《かいさいち》として有名。

春疾風《はるはやて》　突然《とつぜん》の激《はげ》しい風に、大きく揺《ゆ》れ動《うご》く桜《さくら》の枝《えだ》（左）と緑の木の枝《えだ》（上）。

東風《こち》

強東風《つよごち》・朝東風《あさごち》・夕東風《ゆうごち》

解説　冬の冷たい北風が、やがて東寄《ひがしよ》りの風に変わる。これは、冬のきびしい寒さが終わったという現《あらわ》れである。東から吹《ふ》く風は、季節的にいえば**春風**《はるかぜ》よりは早く、まだ暖《あたた》かいとはいえない。しかし、どことなくやわらかく温《あたた》かさを感じる。人々は春が来たという喜びをこめて**東風**《こち》といった。

平安《へいあん》時代の菅原道真《すがわらのみちざね》は、陰謀《いんぼう》により九州の大宰府《だざいふ》に左遷《させん》されるとき、次の歌を詠《よ》んでいる。

*東風《こち》吹《ふ》かば匂《にお（い）》ひおこせよ梅《うめ》の花《はな》
主《あるじ》なしとて春《はる》な忘《わす》れそ

ところで、東風《こち》は雨をともなうことが多く、時《し》化《け》にもなるため、漁師《りょうし》には恐《おそ》れられている。

亀《かめ》の甲並《こうなら》べて東風《こち》に吹《ふ》かれけり　小林《こばやし》一茶《いっさ》
東風《こち》吹《ふ》くや耳現《みみあら（わ）》はるるう*なゐ髪《（い）がみ》　杉田《すぎた》久女《ひさじょ》
夕東風《ゆうごち》や海《うみ》の船《ふね》ゐ《（い）》る隅田川《すみだがわ》　水原秋櫻子《みずはらしゅうおうし》
夕東風《ゆうごち》のともしゆく灯《ひ》のひとつづつ《（ず）》　木下《きのした》夕爾《ゆうじ》
夕東風《ゆうごち》にしたがふ《（う）》ごとし発《た》つ汽車《きしゃ》も　宮津《みやつ》昭彦《あきひこ》
東風《こち》の塵《ちり》胸《むね》に吹《ふ》きつけくる故郷《こきょう》　原《はら》裕《ゆたか》

*「東風《こち》吹《ふ》かば…」＝「東風《こち》が吹《ふ》いたら香《かお》り高《たか》く咲《さ》いてくれ、梅《うめ》の花《はな》よ。主人《しゅじん》である私《わたくし》がいなくても、春《はる》を忘《わす》れずに。」という意味。
*うなゐ髪《がみ》＝子どもの髪《かみ》をうなじのあたりで切ったもの。

春疾風《はるはやて》

春荒《はるあれ》・春嵐《はるあらし》

解説　**春疾風**《はるはやて》とは、春の突風《とっぷう》、強風のことである。**春荒**《はるあれ》、**春嵐**《はるあらし》とも呼《よ》ぶ。

移動性《いどうせい》の低気圧《ていきあつ》が日本海を東へ進むとき、強い南風が吹《ふ》くことが多い。ときに雨をまじえ、ときに砂《すな》ぼこりをまじえながら激《はげ》しい風が吹き荒《あ》れる。窓《まど》を開けていると、部屋中が砂《すな》だらけになり、口の中までざらざらになるときもある。

この疾風《しっぷう》が山脈を越《こ》すと水分を失い、乾燥《かんそう》してさらに高温になり、火災《かさい》の原因《げんいん》となる。これがフェーン現象《げんしょう》である。

春を呼《よ》ぶ風として親しまれている**春一番**《はるいちばん》（春2巻8ページ参照）は、立春《りっしゅん》後初めての強風をさす。

戸《と》鳴《な》りして昼《ひる》を灯《とも》すや春嵐《はるあらし》　及川《おいかわ》貞《てい》
ネクタイの端《はし》が顔打《かおう》つ春疾風《はるはやて》　米澤吾亦紅《よねざわわれもこう》
一日《いちにち》の春《はる》の嵐《あらし》の読書《どくしょ》かな　上野《うえの》泰《やすし》
を《（お）》さまりし春《はる》の嵐《あらし》のあとの宵《よい》　森田《もりた》公司《こうじ》
大阪《おおさか》の土《つち》を巻《ま》きあげ春疾風《はるはやて》　宇多喜代子《うだきよこ》
春疾風子《はるはやてこ》の柔髪《にこがみ》の舞《ま》ふ《（う）》ことよ　福永《ふくなが》耕二《こうじ》

春塵《しゅんじん》　強い風でふき上がった土ぼこり。

春雨《はるさめ》　満開の桜《さくら》にしとしと降《ふ》りそそぐ春のやさしい雨。

春塵《しゅんじん》

春《はる》の塵《ちり》・春埃《はるぼこり》・霾《つちふる》・霾る《つちふ》・
黄沙《こうさ》・黄塵《こうじん》

解説　春さきになると空気が乾燥《かんそう》して地面も乾《かわ》き、ほこりっぽくなる。とくに天気がよい日に、強い風が吹《ふ》くと、畑の土や道路のほこりやちりが巻《ま》き上《あ》がる。春特有のこの現象《げんしょう》が**春塵**《しゅんじん》であり、**春**《はる》**の塵**《ちり》とも呼《よ》ばれる。

これとは別に、三～五月ごろ、モンゴルや中国北部の黄土《おうど》地帯で吹《ふ》き上《あ》げられた大量の細かな砂《すな》が春の強い季節風に乗って、海を渡《わた》り、日本にも飛来することがある。これが**霾**《つちふる》であり、**黄沙**《こうさ》（黄《こう》砂《さ》）ともいう。

このとき空は黄褐色《おうかっしょく》となり、太陽は輝《かがや》きを失う。また、黄沙《こうさ》が屋根に積もることもある。

春塵《しゅんじん》の鏡《かがみ》はうつす人《ひと》もなく　山口《やまぐち》青邨《せいそん》
真円《まんまる》き夕《ゆう》日霾《ひつちふる》なかに落《お》つ　中村《なかむら》汀女《ていじょ》
黄塵《こうじん》に染《そ》む太陽《たいよう》も球根《きゅうこん》も　百合山羽公《ゆりやまうこう》
み仏《ほとけ》にたちてほのかや春《はる》の塵《ちり》　倉田《くらた》素商《そしょう》
つちふると小《ち》さき机《つくえ》に向《むか》ひ（い）ゐる　大峯《おおみね》あきら
自転車《じてんしゃ》の大路《おおじ》にあふれ霾《つちふ》れる　松浦《まつうら》靖子《やすこ》

春雨《はるさめ》

春《はる》の雨《あめ》

解説　**春雨**《はるさめ》とは、もの静かにしとしとと降《ふ》り続《つづ》く雨のことである。春雨《はるさめ》にはぬれてもかまわないと思わせるような優《やさ》しさとやわらかさがある。

また、春雨《はるさめ》が降《ふ》り続《つづ》くと、草木の緑がぐんぐん濃《こ》くなる。春雨《はるさめ》は人の心を落ちつかせる雨である。

春に降《ふ》る雨を表す言葉には、このほかに次のようなものがあり、使い分けられる。

菜種梅雨《なたねづゆ》……菜《な》の花《はな》が咲《さ》くころ（三月末から四月上《じょう》旬《じゅん》）に降《ふ》る長雨（春2巻39ページ参照）。
花《はな》**の雨**《あめ》……花時《はなどき》（桜《さくら》が咲《さ》くころ）の雨（春2巻33ページ参照）。
春驟雨《はるしゅうう》……春のにわか雨。ときに春雷《しゅんらい》をともなう。

春雨《はるさめ》や小磯《こいそ》の小貝《こがい》ぬるるほど　与謝《よさ》蕪村《ぶそん》
春雨《はるさめ》や食《く》は（わ）れ残《のこ》りの鴨《かも》が鳴《な》く　小林《こばやし》一茶《いっさ》
ほつほつと春《はる》の雨《あめ》ふる山路《やまじ》ゆく　高野《たかの》素十《すじゅう》
春雨《はるさめ》やひとり娘《むすめ》のひとり旅《たび》　日野《ひの》草城《そうじょう》
春雨《はるさめ》のあがるともなき明《あか》るさに　星野《ほしの》立子《たつこ》
春雨《はるさめ》やみなまたたける水《みず》たまり　木下《きのした》夕爾《ゆうじ》

春《はる》の雪《ゆき》　紅梅《こうばい》に降《ふ》り積《つ》もった雪。

淡雪《あわゆき》　満開の桜《さくら》に、雪が降《ふ》りしきる。

春《はる》の雪《ゆき》

春雪《しゅんせつ》・淡雪《あわゆき》・綿雪《わたゆき》・牡丹雪《ぼたんゆき》・春吹雪《はるふぶき》・斑雪《はだれ》・雪《ゆき》の果《はて》

解説　北の国では、半年近く雪に埋《う》もれることが多い。このような土地にとって雪は耐《た》えるものであり、戦うべき存在《そんざい》である。当然、**雪**《ゆき》（冬巻68ページ参照）は冬の季語とされる。

しかし、関西や関東の太平洋側では、真冬よりも早春に雪が降《ふ》ることが多い。冬の雪とはちがってとけやすく、降《ふ》るそばから消えてしまう。水分が多いので積もってもすぐに消えてしまうのが春の雪の特徴《とくちょう》である。このようなことから、**淡雪**《あわゆき》といわれる。

また、このような雪は、大粒《おおつぶ》でゆったりと落ちてくることから**牡丹雪**《ぼたんゆき》、**綿雪**《わたゆき》とも呼《よ》ばれる。また、その冬の最後に降《ふ》る雪は、**雪の果**《ゆきのはて》といわれる。雪の降《ふ》り終《お》わりの意味である。

斑雪《はだれ》は降《ふ》り積《つ》もった雪がまだらに残り、ところどころに黒い土が現《あらわ》れている光景をいう。

斑雪《はだれ》　雪がまだらに残り、地面が見えている。

淡雪《あわゆき》のやみたる草《くさ》に夕日《ゆうひ》かな　芝《しば》不器男《ふきお》

春《はる》の雪地《ゆきち》につくまでを遊《あそ》びつつ　細見《ほそみ》綾子《あやこ》

春雪三日祭《しゅんせつみっかまつ》りの如《ごと》く過《す》ぎにけり　石田《いしだ》波郷《はきょう》

綿雪《わたゆき》やしづ(ず)かに時間《じかん》舞《ま》ひ(い)はじむ　森《もり》澄雄《すみお》

子《こ》の手《て》より高《たか》きに受《う》けて牡丹雪《ぼたんゆき》　橋本《はしもと》美代子《みよこ》

ポケットの中《なか》もひとひら春《はる》の雪《ゆき》　仲村《なかむら》青彦《あおひこ》

春《はる》の霜《しも》　咲《さ》きかけた踊子草《おどりこそう》のつぼみに降《お》りた春《はる》の霜《しも》。

春陰《しゅんいん》　どんよりと曇《くも》った空の下、湖の水もまだ冷たい。

春雷《しゅんらい》

春《はる》の雷《らい》・初雷《はつらい》・虫出《むしだ》しの雷《らい》

解説　雷《かみなり》は四季を通じて発生するが、夏に多い気《き》象現象《しょうげんしょう》なので、たんに**雷**《＊かみなり》といえば夏の季語となる。これに対して、立春後《りっしゅんご》、春におきる雷《かみなり》を**春雷**《しゅんらい》という。また、立春後初《りっしゅんごはじ》めての雷《かみなり》を**初雷**《はつらい》、地中の虫がはい出すといわれている啓蟄《けいちつ》のころの雷《かみなり》を**虫出**《むしだ》**しの雷**《らい》という。春の雷《かみなり》は珍《めずら》しく、鳴ってもすぐにやむために、趣《おもむき》があるとされている。

初雷《はつらい》の二《ふた》つばかりで止《や》みにけり　正岡《まさおか》子規《しき》

春雷《しゅんらい》や胸《むね》の上《うえ》なる夜《よ》の厚《あつ》み　細見《ほそみ》綾子《あやこ》

あえかなる薔薇《ばら》撰《よ》りをれ（お）ば春《はる》の雷《らい》　石田《いしだ》波郷《はきょう》

虫出《むしだ》しやささくれだちし水《みず》の面《おも》　岸田《きしだ》稚魚《ちぎょ》

＊雷《かみなり》＝夏1巻8ページを参照。

春《はる》の霜《しも》

春霜《はるしも》

解説　**霜**《しも》（冬巻13ページ参照）は冬の季語であるため、ほかの季節に発生する霜《しも》は、**秋**《あき》**の霜**《しも》（秋巻77ページ参照）、**春**《はる》**の霜**《しも》と呼《よ》んで区別する。**春**《はる》**の霜**《しも》は、春の初めごろに見かける霜《しも》である。この霜《しも》に対し、暖《あたた》かくなってきてから急に気温が低下して発生する霜《しも》は、**忘**《わす》**れ霜**《じも》（春2巻68ページ参照）といわれる。

これきりと見《み》えてどつ（っ）さり春《はる》の霜《しも》　小林《こばやし》一茶《いっさ》

＊一握《いちあく》の韮《にら》の切口《きりくち》春《はる》の霜《しも》　松村《まつむら》蒼石《そうせき》

指《ゆび》ふれて＊加賀《かが》の春霜厚《はるしもあつ》かりし　高野《たかの》素十《すじゅう》

＊道《みち》のべに春霜《はるしも》解《と》けてにじむほど　皆吉《みなよし》爽雨《そうう》

＊一握《いちあく》の＝ひとにぎりの。
＊加賀《かが》＝石川県南部の昔の国名。
＊道《みち》のべ＝道ばた。

春陰《しゅんいん》

解説　曇《くも》った春空のことであり、桜《さくら》の咲《さ》くころの曇《くも》り空《ぞら》を表す**花曇**《はなぐもり》（春2巻36ページ参照）とほぼ同じ言葉である。ただ二つの言葉には微妙《びみょう》なイメージのちがいがあるので知っておこう。**春陰**《しゅんいん》という言葉には「暗い」「重い」という印象があるが、**花曇**《はなぐもり》には桜《さくら》の花の連想があるからだろうか、やや華《はな》やかな感じがある。

春陰《しゅんいん》や大濤《おおなみ》の表裏《おもてうら》となる　山口《やまぐち》青邨《せいそん》

映画館《えいがかん》出《で》て春陰《しゅんいん》の影《かげ》に遇《あ》ふ（う）　西島《にしじま》麦南《ばくなん》

春陰《しゅんいん》や巌《いわ》にかへ（え）りし＊海士《あま》が墓《はか》　加藤《かとう》楸邨《しゅうそん》

春陰《しゅんいん》や打《う》たるるまでの大太鼓《おおだいこ》　蓬田《よもぎだ》紀枝子《きえこ》

＊海士《あま》＝海にもぐって働く人。

陽炎《かげろう》　遠くの風景や走ってくる車がゆらゆらとゆらめいて見える。

霞《かすみ》　春の山に立ちこめる霞《かすみ》。山桜《やまざくら》もぼんやりとかすんで見える。

霞《かすみ》

春霞《はるがすみ》・薄霞《うすがすみ》・朝霞《あさがすみ》・遠霞《とおがすみ》・夕霞《ゆうがすみ》・草霞《くさがす》む

解説　空中に水蒸気《すいじょうき》がたちこめ、ぼんやりとかすんではっきり見えないようすを**霞《かすみ》**という。

遠くの山々に桜《さくら》が咲《さ》きほこり、その下に霞《かすみ》がかかっている。これは、日本人が春という言葉から思《おも》い浮《う》かべる光景である。『万葉集《まんようしゅう》』*にも「霞立《かすみた》つ」という「春」にかかる枕詞《まくらことば》*があり、日本の春と霞《かすみ》は、切っても切れない関係にあるといえるだろう。

ところで、気象学には霞《かすみ》という用語はなく、霧《きり》の薄《うす》いものとされている。ただ、春の**霞《かすみ》**に対し、**霧《きり》**（秋巻14ページ参照）は秋の季語である。この二つには、季節のちがいのほかに、遠近のちがいもある。どちらかといえば、霧《きり》は身近に立ちこめるのに対し、霞《かすみ》は遠くにたなびくことから、**遠霞《とおがすみ》**という季語もある。また、朝夕に発生しやすいことから**朝霞《あさがすみ》**、**夕霞《ゆうがすみ》**という語も生まれた。

*『万葉集《まんようしゅう》』＝奈良《なら》時代後期に成立したわが国最古の歌集。
*枕詞《まくらことば》＝昔の和歌などに見られる修飾法《しゅうしょくほう》の一つ。特定の語にかかって修飾《しゅうしょく》したり、語調を整えるために用いられた言葉のこと。

春《はる》なれや名《な》もなき山《やま》の薄霞《うすがすみ》　松尾《まつお》　芭蕉《ばしょう》

草霞《くさがす》み水《みず》に声《こえ》なき日《ひ》ぐれかな　与謝《よさ》　蕪村《ぶそん》

かすむ日《ひ》や夕山《ゆうやま》かげの飴《あめ》*の笛《ふえ》　小林《こばやし》　一茶《いっさ》

霞《かす》みけり山消《やまき》えうせて塔一《とうひと》つ　正岡《まさおか》　子規《しき》

山山《やまやま》を霞《かすみ》がつなぎ母《はは》の国《くに》　長谷川双魚《はせがわそうぎょ》

鐘《かね》の音《ね》の谷《たに》より出《い》でて霞《かす》みけり　森《もり》　澄雄《すみお》

*まほろばの大和三山遠霞《やまとさんざんとおがすみ》　堤《つつみ》　恒雄《つねお》

島《しま》ひとつ盗《と》られてしまふ《(う)》遠霞《とおがすみ》　加藤《かとう》　春子《はるこ》

*飴《あめ》の笛《ふえ》＝飴売《あめう》りが吹《ふ》いている笛《ふえ》の音《ね》。
*まほろば＝すぐれたよいところ、国のこと。

陽炎《かげろう》

解説　地面が熱せられて空気が立ち上るため、向こうに見えるものがゆらゆらとゆらめいて見える現象《げんしょう》を、**陽炎《かげろう》**という。

このような光景は夏にもよく見られるものであるが、昔の人は春になって陽気がよくなり、さまざまな風景がゆらめいて見える姿《すがた》を、喜びと感動をもってながめたのであろう。

陽炎《かげろう》や名《な》も知《し》らぬ虫《むし》の白《しろ》き飛《と》ぶ　与謝《よさ》　蕪村《ぶそん》

ちらちらと陽炎立《かげろうた》ちぬ猫《ねこ》の塚《つか》　夏目《なつめ》　漱石《そうせき》

かげろふ《(う)》と字《じ》にかくやう《(よ)》にかげろへ《(え)》る　富安《とみやす》　風生《ふうせい》

かげろふ《(う)》の中《なか》へ押《お》しゆく乳母車《うばぐるま》　轡田《くつわだ》　進《すすむ》

春《はる》の山《やま》　桃《もも》の花《はな》が鮮《あざ》やかに咲《さ》きみちている。

春《はる》の川《かわ》　春の野の花が咲《さ》く中を豊《ゆた》かに流れる。

春《はる》の山《やま》

山笑《やまわら》う・春嶺《しゅんれい》

解説　春になると雪が消えて、山々も息を吹《ふ》き返《かえ》したように見える。木や草の芽《め》吹《ぶ》きで青く色づいた山もある。焼いたあとの山もある。桜《さくら》が咲《さ》き、春霞《はるがすみ》がたなびく山もある。冷たく人を寄《よ》せつけない雪の山や、枯《か》れてどこまでも静かな冬の山とちがって、**春《はる》の山《やま》**、**春嶺《しゅんれい》**は明るく、生気にあふれる世界である。

山笑《やまわら》うは中国北宋《ほくそう》の時代（九六〇～一一二七年）の画家郭煕《かくき》の「春山淡冶《しゅんざんたんや》にして笑《わら》ふ《(う)》が如《ごと》く」という言葉から生まれた。早春の山々の木々が、しだいにうるみを帯び、春の日に照らされ、山そのものが笑みを浮《う》かべているようだという意味である。

春《はる》の水《みず》

春水《しゅんすい》・春《はる》の川《かわ》

解説　すべてがすっぽりと雪におおわれていた雪国も、春になって雪《ゆき》どけが始まる。あちらこちらの沢《さわ》の水を集め、濁流《だくりゅう》がうずまき、何もかも押《お》し流《なが》すように流れ下る。雪国の人はその豊《ゆた》かな水量や、川の響《ひび》きなどから春が来たことを実感する。**春《はる》の水《みず》**はそんな豊《ゆた》かな水のことをいう。

雪のない地方でも水がぬるむころになると、川は水量を増《ま》し、岸辺の草も緑色に変わる。小さな昆虫《こんちゅう》が川面《かわも》に、そして水中には魚たちが姿《すがた》を見せる。子どもたちの喜びの声が聞こえる。

春《はる》の水《みず》、**春《はる》の川《かわ》**は、まさに生命がよみがえる場所といえよう。

三日月《みかづき》のうすき光《ひか》りや春《はる》の山《やま》　村上《むらかみ》　鬼城《きじょう》

故郷《ふるさと》やどちらを見《み》ても山笑《やまわら》ふ《(う)》　正岡《まさおか》　子規《しき》

春《はる》の山《やま》のうしろから烟《けむり》が出《で》だした　尾崎《おざき》　放哉《ほうさい》

春《はる》の山二《やまふた》つながらに雨深《あめふか》し　村沢《むらさわ》　夏風《かふう》

雪《ゆき》の峯《みね》しづ《(ず)》かに春《はる》ののぼりゆく　飯田《いいだ》　龍太《りゅうた》

春《はる》の山《やま》たたいてここへ坐《すわ》れよと　石田《いしだ》　郷子《きょうこ》

一《ひと》つ根《ね》に離《はな》れ浮《う》く葉《は》や春《はる》の水《みず》　高浜《たかはま》　虚子《きょし》

海《うみ》に入《い》ることを急《いそ》がず春《はる》の川《かわ》　富安《とみやす》　風生《ふうせい》

昃《ひかげ》れば春水《しゅんすい》の心《こころ》あともどり　星野《ほしの》　立子《たつこ》

春《はる》の水《みず》わが歩《あゆ》みよりややはやし　谷野《たにの》　予志《よし》

春《はる》の水《みず》とは濡《ぬ》れてゐ《(い)》るみづ《(ず)》のこと　長谷川《はせがわ》　櫂《かい》

春《はる》の水岩《みずいわ》のかたちにふくれけり　日原《ひはら》　傳《つたえ》

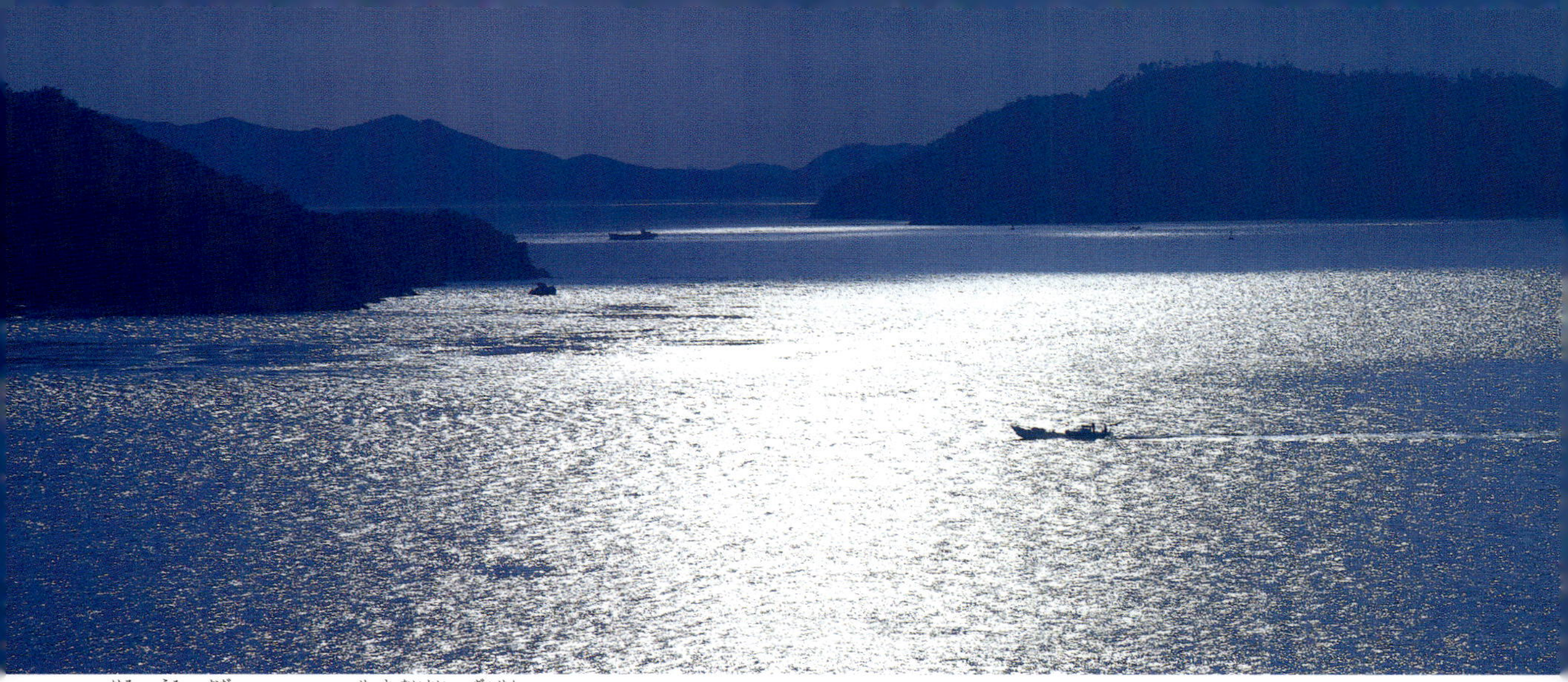

春《はる》の海《うみ**》**　穏《おだ》やかな春の瀬戸内海《せとないかい》。漁船《ぎょせん》がゆったりと進んでいく。

春《はる》の海《うみ》

春《はる》の波《なみ》・春潮《しゅんちょう》・春《はる》の浜《はま》・春《はる》の磯《いそ》

解説　風が冷たく灰色《はいいろ》だった海も、春になると青みが増《ま》し、波も穏《おだ》やかになる。風もやわらぎ、打《う》ち寄《よ》せる波の音も優《やさ》しくなり、うららと暖《あたた》かな光があたりに満ちる。鷗《かもめ》が飛び交い、霞《かすみ》のかかった沖《おき》をゆったりと漁船《ぎょせん》が通《とお》り過《す》ぎてゆく。眠《ねむ》くなるような穏《おだ》やかな海。それが**春《はる》の海《うみ》**のもつイメージである。

打《う》ち寄《よ》せる波も冬の波のような荒々《あらあら》しさはない。あたりの明るさに調和し、釣《つ》り舟《ぶね》の舟《ふな》ばたにも、砂浜《すなはま》にも、やさしい響《ひび》きで語りかけてくる。

また、春になると潮《しお》の干満《かんまん》の差が大きくなる。大きな干潟《ひがた》が現《あらわ》れ、とりわけ大潮《おおしお》のころになると、人々が貝を掘《ほ》り当《あ》てて喜びの声をあげる。瀬戸内《せとない》海《かい》の出入り口では大きな渦潮《うずしお》が生まれ、人々は自然の驚異《きょうい》に釘《くぎ》づけになる。

五月初め、**八十八《はちじゅうはち》夜《や》**（春2巻68ページ参照）を迎《むか》えるころには、瀬戸内海《せとないかい》の鯛《たい》漁《りょう》が盛《さか》んになり、日本海もようやく春の海になる。

春潮《しゅんちょう》　渦潮《うずしお》で有名な瀬戸内海《せとないかい》の鳴門海峡《なるとかいきょう》。春の大潮《おおしお》の時期に潮流《ちょうりゅう》が激《はげ》しくなり、一年でいちばん見事なながめとなる。

春《はる》の波《なみ》　寄《よ》せる波は、春の日ざしに明るく輝《かがや》く。

春《はる》の海《うみ》　*終日《ひねもす》のたりのたりかな　与謝《よさ》　蕪村《ぶそん》

島々《しまじま》に灯《ひ》をともしけり春《はる》の海《うみ》　正岡《まさおか》　子規《しき》

春《はる》の海竜《うみたつ》のおとし子拾《ごひろ(い)》ひけり　幸田《こうだ》　露伴《ろはん》

翅《はね》立《た》てて鷗《かもめ》の乗《の》りし春《はる》の波《なみ》　鈴木《すずき》　花蓑《はなみの》

美《うつく》しき春潮《しゅんちょう》の*航一時間《こういちじかん》　高野《たかの》　素十《すじゅう》

春潮《しゅんちょう》の満《み》ちて濡《ぬ》らせし島《しま》の道《みち》　右城《うしろ》　暮石《ぼせき》

＊終日《ひねもす》＝一日中。
＊航一時間《こういちじかん》＝一時間の船旅。

春《はる》の野《の》　桜草《さくらそう》や金鳳花《きんぽうげ》などの花が咲《さ》く野原。

春《はる》の土《つち》　作物を植えるために耕《たがや》された畑の土。

春《はる》の野《の》

春野《はるの》

解説　雪が積もったり、枯《か》れ果《は》てていた冬の野も、春になるとようすが一変する。暖《あたた》かな日ざしがあたりにあふれ、豊《ゆた》かな水が流れ、一面に緑の芽が出て、やがて花が咲《さ》き出《だ》す。昆虫《こんちゅう》が活発に動き、小鳥たちがさえずる。大人《おとな》も子どもも春の日を浴び、草を摘《つ》み、駆《か》けめぐる。人々にとって**春《はる》の野《の》**は憩《いこ》いの場なのである。

春《はる》の野辺《のべ》橋《はし》なき川《かわ》へ出《い》でにけり　小林《こばやし》一茶《いっさ》

吾《われ》も春《はる》の野《の》に下《お》り立《た》てば紫《むらさき》に　星野《ほしの》立子《たつこ》

春《はる》の野《の》に出《い》でて摘《*つ》むてふ《(ちょう)》言葉《ことば》あり　後藤《ごとう》比奈夫《ひなお》

春《はる》の野《の》に動《うご》けば見《み》ゆる母校《ぼこう》かな　落合《おちあい》水尾《すいび》

*摘《つ》むてふ《(ちょう)》言葉《ことば》＝摘《つ》むという言葉。

春《はる》の土《つち》

解説　春の暖《あたた》かい日をうけて、土もほのかにぬくもりをもってくる。凍《こお》っていた土がゆるみ、草が萌《も》え出《で》てくるのを見るのも春の喜びである。

北国の人は、半年もの間、雪に埋《う》もれるので、それだけ土を恋《こい》しく思う。春になって雪が少なくなり、雪の合い間から緑の芽と湿《しめ》った黒い土が見える。こうしたときに春を感じる。

ほがらかに鍬《くわ》に砕《くだ》けて春《はる》の土《つち》　皿井《さらい》旭川《きょくせん》

鉛筆《えんぴつ》を落《お》せば立《た》ちぬ春《はる》の土《つち》　高浜《たかはま》虚子《きょし》

つばさあるもののあゆめり春《はる》の土《つち》　軽部《かるべ》烏頭子《うとうし》

太陽《たいよう》へ裏返《うらがえ》されて春《はる》の土《つち》　山崎《やまざき》ひさを

春泥《しゅんでい》

春《はる》の泥《どろ》

解説　春になると雪がとけたり、凍《こお》りついた土がとけたりして、ぬかるみが生まれる。また、春さきの雨もぬかるみを生む。春特有のこうしたぬかるみが、**春泥《しゅんでい》**である。人々はぬかるみに悩《なや》みながらも春の訪《おとず》れを喜ぶ。

今では多くの道路が舗装《ほそう》されており、春の風物詩だった泥道《どろみち》はあまり見られなくなった。

春泥《しゅんでい》にうすき月《つき》さしゐ《(い)》たりけり　久保田《くぼた》万太郎《まんたろう》

春泥《しゅんでい》を歩《ある》く汽笛《きてき》の鳴《な》る方《ほう》へ　細見《ほそみ》綾子《あやこ》

三人《さんにん》がばらばらに跳《と》ぶ春《はる》の泥《どろ》　岡本《おかもと》差知子《さちこ》

近道《ちかみち》をしてゐ《(い)》るつもり春泥《しゅんでい》に　稲畑《いなはた》汀子《ていこ》

耕《たがえし》　耕運機《こううんき》で田を耕《たがや》す農家の人。耕《たがや》した後には、黒い土が現《あらわ》れる。

春田《はるた》　田植え前の田。この後、水が張《は》られて田植えが行われる。

春《は》田《た》

春《はる》の田《た》

解説　まだ田植え前の、稲《いね》の苗《なえ》を植えていない田のことを**春田**《はるた》という。

一面に紫雲英《げんげ》(れんげ)の咲《さ》いている美しい田、農作業が始まってすき返され、黒々とした土が現《あらわ》れている田、さらに水を張《は》って田植えを待つばかりの状態《じょうたい》にある田も**春田**《はるた》、**春の田**《はるのた》である。**春**《はる》**の田**《た》には生命への期待がある。

春《はる》の田《た》へ進《すす》んで行《ゆ》くや山《やま》の水《みず》　桜井《さくらい》梅室《ばいしつ》

水入《みずい》れて春田《はるた》となりてかがやけり　長谷川《はせがわ》かな女《じょ》

野《の》の虹《にじ》と春田《はるた》の虹《にじ》と空《そら》に合《あ》ふ(う)　水原秋櫻子《みずはらしゅうおうし》

大風《おおかぜ》の出雲《いずも》*の国《くに》の春田《はるた》かな　大峯《おおみね》あきら

*出雲《いずも》＝島根県東部の昔の国名。

耕《たがえし》

春耕《しゅんこう》・耕人《こうじん》・たがやし

解説　**耕**《たがえし》は「田返《たかえ》す」から出た語で、本来は田に用いる語だが、畑にも用いる。

つまり、田や畑の土をすき返してやわらかくし、植物の根がよく伸《の》びるようにする作業のことをいう。大変な重労働なので、昔は牛や馬の力を使った。今は、ほとんど耕運機《こううんき》やトラクターなどの機械で耕《たがや》す。

千年《せんねん》の昔《むかし》のごとく耕《たがや》せり　富安《とみやす》風生《ふうせい》

耕《たがや》せばうごき憩《いこ》へ(え)ばしづ(ず)かな土《つち》　中村草田男《なかむらくさたお》

山国《やまぐに》の小石《こいし》捨《す》て捨《す》て耕《たがや》せり　澤木《さわき》欣一《きんいち》

耕耘機《こううんき》遠《とお》きは空《そら》を耕《たがや》すや　辻田《つじた》克巳《かつみ》

畑《はた》打《うち》

畑《はたけ》(畠《はたけ》)打《う》つ・畑返《はたけかえ》す・畑《はたけ》鋤《す》く

解説　三月中旬《ちゅうじゅん》から五月初めにかけて、畑にさまざまな作物の種がまかれることが多い。その用意のために、畑の土を耕《たがや》しておくことである。

昔は鍬《くわ》を使ったが、現在《げんざい》は機械化が進んでいる。ただ、地形上、人の力で畑を耕《たがや》すところも多いが、きつい労働である。農家では、このころから野良《のら》仕事《しごと》が忙《いそが》しくなってくる。

日一日《ひひとひ》同《おな》じ処《ところ》に畠打《はたけう》つ　正岡《まさおか》子規《しき》

海《うみ》を見《み》て十歩《じっぽ》に足《た》りぬ畑《はた》を打《う》つ　夏目《なつめ》漱石《そうせき》

天近《そらちか》く畑打《はたう》つ人《ひと》や奥吉野《おくよしの》*　山口《やまぐち》青邨《せいそん》

はるかなる光《ひかり》も畑《はた》を打《う》つ鍬《くわ》か　皆吉《みなよし》爽雨《そうう》

*奥吉野《おくよしの》＝吉野《よしの》は奈良《なら》県南部の地域《ちいき》。その奥《おく》まった一帯が奥吉野《おくよしの》。

春灯《しゅんとう》　満開の桜《さくら》の花を照らす石灯籠《いしどうろう》の明かり。

春服《しゅんぷく》　軽やかな春の服を着た菜の花畑の子どもたち。

春服《しゅんぷく》

春《はる》の服《ふく》・春外套《はるがいとう》・春《はる》セーター・春手袋《はるてぶくろ》・春《はる》ショール・春帽子《はるぼうし》

解説　冬の間は寒さを防《ふせ》ぐために厚手《あつで》のものを着たり、何枚《なんまい》も重ね着して着ぶくれしている。その冬が去り、暖《あたた》かくなって薄手《うすで》のものを着たり、一枚脱《まいぬ》いだりする。その軽やかさに春を感じる。

冬服とはちがった軽やかな素材《そざい》、鮮《あざ》やかな色彩《しきさい》の**春服**《しゅんぷく》や**春**《はる》**セーター**を着ると、春が来たのだと実感し、胸《むね》がはずむ思いがしてくる。**春**《はる》**の服**《ふく》は、人々の喜びの表現《ひょうげん》でもある。

一方で、春の気候は変わりやすい。冬のコートでは暑いが、**春服**《しゅんぷく》だけでは寒いというときがある。そのとき着るコートが**春外套**《はるがいとう》であり、**春手袋**《はるてぶくろ》、**春**《はる》**ショール**、**春帽子**《はるぼうし》なども着用する。

春帽子《はるぼうし》母《はは》に向つ《むか(つ)》て冠《かむ》り来《く》る　中村《なかむら》汀女《ていじょ》

春《はる》の服買《ふくか》ふ《(う)》や余命《よめい》を意識《いしき》して　相馬《そうま》遷子《せんし》

出船《でふね》あり春外套《はるがいとう》に夕日《ゆうひ》沁《し》む　草間《くさま》時彦《ときひこ》

春服《しゅんぷく》を着《き》て小《こ》きざみに歩《ある》きけり　和田《わだ》しずえ

さいはての句碑《くひ》に掛《か》けおく春《はる》ショール　角川《かどかわ》照子《てるこ》

春服《しゅんぷく》や芝生《しばふ》の濡《ぬ》れに雀降《すずめお》り　山本《やまもと》洋子《ようこ》

春灯《しゅんとう》

春《はる》の灯《ひ》・春灯《はるともし》

解説　春の夜の明かりのこと。暗闇《くらやみ》のなかにぽつんと見える明かりは、人にいろいろな感情《かんじょう》を抱《いだ》かせる。明かりは、その季節によってさまざまな顔をもっているようである。

さびしく、冴《さ》えた感じを与《あた》える**寒灯**《かんとう》（**冬**《ふゆ》**の灯**《ひ》）。涼《すず》しげに水辺を浮《う》かび上《あ》がらせる**夏**《なつ》**の灯**《ひ》。透明《とうめい》な感じを受ける**秋**《あき》**の灯**《ひ》(秋巻18ページ参照)。どこか温かさを与《あた》える**春**《はる》**の灯**《ひ》。

四季それぞれの趣《おもむき》があるが、この中で人の心をなごやかな思いにさせるのは**春灯**《しゅんとう》であろう。寒くも暑くもない、心地よい春の気配のなかに、ほんのりと灯《とも》る明かりが**春灯**《しゅんとう》である。

春灯《しゅんとう》やはなのごとくに嬰《こ》*のなみだ　飯田《いいだ》蛇笏《だこつ》

春《はる》の灯《ひ》のむしろくらきをよろこべる　久保田《くぼた》万太郎《まんたろう》

人《ひと》ひとりひとりびとりの春灯《はるともし》　五所《ごしょ》平之助《へいのすけ》

春灯《しゅんとう》や云《い》ひ《(い)》てしまへ《(え)》ば心晴《こころは》れ　星野《ほしの》立子《たつこ》

春灯《しゅんとう》の見上《みあ》ぐるたびに光《ひか》り増《ま》す　大野《おおの》林火《りんか》

待《ま》つ人《ひと》のゐ《(い)》る明《あか》るさの春灯《はるともし》　片山《かたやま》由美子《ゆみこ》

＊嬰《こ》＝赤《あか》ん坊《ぼう》。

春炬燵《はるごたつ》　暖《あたた》かい春の日ざしをうけてぽつんと置かれた春炬燵《はるごたつ》。

凧揚《たこあ》げ　春の空の下で、凧揚《たこあ》げを楽しむ子どもたち。

春《はる》炬《ご》燵《たつ》

春《はる》の炬燵《こたつ》(火燵《こたつ》)・春火鉢《はるひばち》

解説　春になってもまだかたづけられずに置かれている炬燵《こたつ》のこと。同じようなものに**春火鉢《はるひばち》**があるが、現在《げんざい》、火鉢《ひばち》はほとんど見られなくなっている。それにくらべて、炬燵《こたつ》は多くの家で現在《げんざい》も使われている。

炬燵《こたつ》は家族が自然に集まる場として、冬の間は大きな顔をしている。

しかし、冬の寒さがやわらぐと、場所をとり、邪魔《じゃま》な存在《そんざい》となる。かといって、完全に取り去り、しまってしまうと何か頼《たよ》りない。それに、いつまた寒い日が来るかもしれない。そんな中途半端《ちゅうとはんぱ》な感じが**春炬燵《はるごたつ》**にはある。

凧《たこ》

いかのぼり・凧揚《たこあ》げ・凧合戦《たこがっせん》

解説　風を受け、ぐんぐんと青空に上がってゆく凧《たこ》は、人の心に開放感《かいほうかん》と喜びを与《あた》える。

凧《たこ》というと、お正月の凧揚《たこあ》げを思い出す人も多いだろうが、これは**＊正月《しょうがつ》の凧《たこ》**という言葉で新年の季語《きご》になっており、俳句《はいく》ではたんに**凧《たこ》**といえば春の季語である。

昔の人は、さまざまな理由で凧《たこ》を揚《あ》げた。天の神への天候の祈願《きがん》、魔除《まよ》け、子どもの成長祈願《きがん》などである。そのうち、凧《たこ》で遊んだり、大きさを競ったり、凧《たこ》どうしに格闘《かくとう》させるようになった。これが**凧合戦《たこがっせん》**で、現在《げんざい》も、長崎《ながさき》県、埼玉《さいたま》県、静岡《しずおか》県などで毎年春に行われている。

＊正月《しょうがつ》の凧《たこ》＝新年巻16ページを参照。

物《もの》おもふ(う)人《ひと》のみ春《はる》の炬燵《こたつ》かな　吉分《よしわけ》大魯《たいろ》

何《なん》となく有《あ》れば集《あつま》り春炬燵《はるごたつ》　市村《いちむら》不先《ふせん》

姉妹《あねいもと》思《おも》ひ(い)同《おな》じく春火鉢《はるひばち》　中村《なかむら》汀女《ていじょ》

よみ書《か》きのまだまだ春《はる》の火燵《こたつ》の上《え》　皆吉《みなよし》爽雨《そうう》

火《ひ》を足《た》して人無《ひとな》き春《はる》の炬燵《こたつ》かな　京極《きょうごく》杞陽《きよう》

トランプのクインの横目《よこめ》春炬燵《はるごたつ》　山田《やまだ》弘子《ひろこ》

凧《いかのぼり》きのふ(う)の空《そら》のありどころ　与謝《よさ》蕪村《ぶそん》

凧《いかのぼり》尾《お》を跳《は》ね上《あ》げて唸《うな》りけり　鈴木《すずき》花蓑《はなみの》

切凧《きれだこ》の敵地《てきち》へ落《お》ちて鳴《な》りやまず　長谷川《はせがわ》かな女《じょ》

凧《たこ》あがる天《てん》の力《ちから》の加《くわ》はり(わ)て　神蔵《かみくら》器《うつわ》

青空《あおぞら》がぐんぐんと引《ひ》く凧《たこ》の糸《いと》　寺山《てらやま》修司《しゅうじ》

降《お》りてくるときやはらか(わ)き凧《たこ》の脚《あし》　井上《いのうえ》弘美《ひろみ》

風車《かざぐるま》　風が来るのを待つ、色とりどりの風車《かざぐるま》。

風船《ふうせん》　ゴム風船をうれしそうに持つ。

風車《かざぐるま》

風車売《かざぐるまうり》

解説 **風車《かざぐるま》**は、昔は美しい色紙やかんなくずなどで作られたが、現在《げんざい》はセルロイド製が圧倒的《あっとうてき》に多い。色とりどりの風車《かざぐるま》が、風を受けてくるくるとまわるようすは美しい。風がないとき、子どもは風車《かざぐるま》を持って走りながらまわして遊ぶ。

昔は春になると、*藁苞《わらづと》にたくさんの風車《かざぐるま》を刺《さ》して**風車売《かざぐるまうり》**がやって来た。風がないとき、藁苞《わらづと》に刺《さ》された風車《かざぐるま》は眠《ねむ》っているようで、少しも動かない。そこにすうーっと風が流れると、風車《かざぐるま》がまるで生き物のようにいっせいにまわり出す。その美しさのためか、風車売《かざぐるまう》りが春の使者に見えた。

*藁苞《わらづと》＝藁《わら》を束《たば》ねて作ったもの。

風船《ふうせん》

紙風船《かみふうせん》・風船売《ふうせんうり》

解説 **風船《ふうせん》**は、素材《そざい》によって二つに分けられる。何枚《なんまい》もの紙をはり合わせた**紙風船《かみふうせん》**と、水素《すいそ》を入れ、ひもでつないで空中に浮かべるゴム風船《ふうせん》である。

今はもうあまり見られなくなったが、紙風船《かみふうせん》は吹《ふ》き口《くち》から息を吹《ふ》きこみ、丸くして手で突《つ》き上《あ》げて遊んだ。ポーンポーンとのどかな音がし、春空に舞《ま》い上《あ》がる。女の子の好きな遊びだった。

ゴム風船《ふうせん》も春の風景によく似合《にあ》う。穏《おだ》やかな光に照らされ、春風の中に風船《ふうせん》がゆらゆらゆれる。うれしそうに風船《ふうせん》を見上げる子ども。油断《ゆだん》すると風船《ふうせん》はすっと手を離《はな》れ、空中に舞《ま》い上《あ》がってゆく。これも、春らしい光景だ。

風車赤《かざぐるまあか》し五重《ごじゅう》の塔赤《とうあか》し　川端《かわばた》茅舎《ぼうしゃ》
街角《まちかど》の風《かぜ》を売《う》るなり風車《かざぐるま》　三好《みよし》達治《たつじ》
風車《かざぐるま》ひとつのこらずまは《(わ)》りけり　倉田《くらた》素商《そしょう》
止《とま》ることばかり考《かんが》へ《(え)》風車《かざぐるま》　後藤比奈夫《ごとうひなお》
風車持《かざぐるまも》ちかへ《(え)》てよく回《まわ》りけり　今井杏太郎《いまいきょうたろう》
父《ちち》がまづ《(ず)》走《はし》つ《(っ)》てみたり風車《かざぐるま》　矢島《やじま》渚男《なぎさお》

川越《かわこ》えて風船雲《ふうせんくも》にしたがへ《(え)》り　石原《いしはら》舟月《しゅうげつ》
風船《ふうせん》を嗅《か》ぎしくろ猫通《ねことお》り過《す》ぐ　加藤《かとう》楸邨《しゅうそん》
ゆらりと風《かぜ》ふうせん売《うり》が座《ざ》を移《うつ》す　草間《くさま》時彦《ときひこ》
日曜《にちよう》といふ《(う)》さみしさの紙風船《かみふうせん》　岡本《おかもと》眸《ひとみ》
紙風船息吹《かみふうせんいきふ》き入《い》れてかへ《(え)》しやる　西村《にしむら》和子《かずこ》
大窓《おおまど》を風船《ふうせん》の横切《よこぎ》つ《(っ)》てゆく　中田《なかた》尚子《なおこ》

石鹸玉《しゃぼんだま》　しゃぼん玉遊びを楽しむ。

石鹸玉《しゃぼんだま》

解説　古くからある子どもの遊びで、春ののどかな風景にふさわしいものとされている。

昔は無患子《むくろじ》という木の実でしゃぼん玉液《だまえき》を作り、麦藁《むぎわら》の先にその液《えき》をつけて吹《ふ》いて遊んだ。今は石鹸水《せっけんすい》などでしゃぼん玉液《だまえき》を作り、ストローを用いて飛ばす。

ストローの先に液《えき》をつけ、静かに吹《ふ》くと泡《あわ》が生まれ、しだいに大きくなる。泡《あわ》は春の日ざしを受けて七色に輝《かがや》く。せっかちに吹《ふ》いたり、欲張《よくば》りすぎるとパチンと破《やぶ》れ、消える。うまく吹《ふ》くと大きな泡《あわ》ができ、空中に輝《かがや》きながら浮《う》かび上《あ》がり、風に流れて、やがては消えてしまう。

*姉《あね》ゐ《(い)》ねばおとなしき子《こ》やしや《(ゃ)》ぼん玉《だま》　杉田《すぎた》久女《ひさじょ》

しや《(ゃ)》ぼん玉《だま》吹《ふ》いてみづ《(ず)》からふりかぶる　橋本《はしもと》多佳子《たかこ》

ふりあふ《(お)》ぐ黒《くろ》きひとみやしや《(ゃ)》ぼん玉《だま》　日野《ひの》草城《そうじょう》

石鹸玉《しゃぼんだま》麒麟《きりん》の高《たか》さを越《こ》して爆《は》ぜ　福田《ふくだ》蓼汀《りょうてい》

流《なが》れつつ色《いろ》を変《か》へ《(え)》けり石鹸玉《しゃぼんだま》　松本《まつもと》たかし

溜息《ためいき》をかく美《うつく》しくしや《(ゃ)》ぼん玉《だま》　檜《ひのき》紀代《きよ》

*姉《あね》ゐねば＝姉がいなければ。

ぶらんこ　ぶらんこをこいで歓声《かんせい》をあげる。

ぶらんこ

鞦韆《しゅうせん》・ふらここ

解説　**ぶらんこ**は、児童公園などで見かける遊具。そのぶらんこは古代中国では**鞦韆**《しゅうせん》といわれ、*寒食《かんしょく》の日に宮廷《きゅうてい》の官女《かんじょ》たちが鞦韆《しゅうせん》に乗って遊んだという故事《こじ》にもとづいて、春の季語に分類されるようになったといわれている。

日本にも平安《へいあん》時代には中国から伝わり、名称《めいしょう》は、ゆさは《(わ)》り、**ふらここ**、**ぶらんこ**と、時代とともに変わってきている。

春の光を浴びて、天に飛び出しそうに大きくこぐ子ども。ゆっくりと腰《こし》をおろし、語り合う若者《わかもの》たち。ぶらんこには、春の光が似合《にあ》う。

*寒食《かんしょく》＝冬至《とうじ》（十二月二十二日ごろ）の後、一〇五日目の日。この日は風雨が激《はげ》しいとして、火の使用を禁《きん》じて食べ物を冷たいまま食べた。

鞦韆《しゅうせん》を父《ちち》へ漕《こ》ぎ寄《よ》り母《はは》へしりぞき　橋本《はしもと》多佳子《たかこ》

鞦韆《しゅうせん》は漕《こ》ぐべし愛《あい》は奪《うば》ふ《(う)》べし　三橋《みつはし》鷹女《たかじょ》

鞦韆《しゅうせん》に腰《こし》かけて読《よ》む手紙《てがみ》かな　星野《ほしの》立子《たつこ》

鞦韆《しゅうせん》に夜《よ》も蒼《あお》き空《そら》ありにけり　安住《あずみ》敦《あつし》

ふらここの着地《ちゃくち》いづ《(ず)》れも窪《くぼ》みを《(お)》り　能村《のむら》研三《けんぞう》

ぶらんこの影《かげ》を失《うしな》ふ《(う)》高《たか》さまで　藺草《いぐさ》慶子《けいこ》

春眠《しゅんみん》　春、暖《あたた》かな陽気に誘《さそ》われて、人間も動物もうつらうつらと眠《ねむ》くなる。

春眠《しゅんみん》

朝寝《あさね》・春《はる》の夢《ゆめ》

解説　古代中国の唐《とう》*の詩人孟浩然《もうこうねん》の「春眠暁《しゅんみんあかつき》を覚《おぼ》えず、処々啼鳥《しょしょていちょう》を聞《き》く」という有名な『春暁《しゅんぎょう》』の詩の一節に由来した季語で、春の深く快《こころよ》い眠《ねむ》りのこと。春の朝は、目がさめてもついうつらうつらと夢見心地《ゆめみごこち》で時を過《す》ごしてしまう。それを**朝寝**《あさね》という。また、春の眠《ねむ》りの中で見る夢《ゆめ》を**春**《はる》**の夢**《ゆめ》といい、人生のはかなさのたとえにも用いられる。

春眠《しゅんみん》をむさぼりて悔《くい》なかりけり　久保田万太郎《くぼたまんたろう》

春《はる》の夢《ゆめ》みてゐ《（い）》て瞼《まぶた》ぬれにけり　三橋《みつはし》　鷹女《たかじょ》

朝寝《あさね》せり孟浩然《もうこうねん》を始祖《しそ》として　水原秋櫻子《みずはらしゅうおうし》

春眠《しゅんみん》の覚《さ》めつつありて雨《あめ》の音《おと》　星野《ほしの》　立子《たつこ》

*唐《とう》＝中国で618年から907年まで続いた王朝。

蛙《かわず》の目《め》借《かり》時《どき》

目借時《めかりどき》

解説　うつらうつらと眠《ねむ》くなりがちな春の時候のことを**蛙**《かわず》**の目借時**《めかりどき》という。

昔、蛙《かえる》が人の目を借りるから春は眠《ねむ》くなるという俗説《ぞくせつ》があった。これは、春のうららかな気候に、つい場所もわきまえずに居眠《いねむ》りしてしまうのを蛙《かえる》のせいにしたものである。俳句《はいく》らしい味わいのある季語である。

水飲《みずの》みてすこしさびしき目借時《めかりどき》　能村登四郎《のむらとしろう》

顔拭《かおふ》いて顔細《かおほそ》りけり目借《めかり》どき　岸田《きしだ》　稚魚《ちぎょ》

目借時《めかりどき》ゆふ《（う）》べのままの紙《かみ》とペン　井上《いのうえ》　雪《ゆき》

蛙《かわず》になど貸《か》せぬ眼《まなこ》を瞠《みは》るなり　野路《のじ》　斉子《せいこ》

春愁《しゅんしゅう》

解説　春は明るく、何となく心の浮《う》き立《た》つ季節であるが、一方、はっきりした理由もないのにもの思いにふけったり、せつない気持ちが胸《むね》に湧《わ》いてくる季節でもある。

そんなけだるさをともなった春独得《どくとく》の哀感《あいかん》を、**春愁**《しゅんしゅう》といった。詩人や若《わか》い人《ひと》が感じる心情《しんじょう》といってもよいかもしれない。

春愁《しゅんしゅう》や草《くさ》を歩《ある》けば草青《くさあお》く　青木《あおき》　月斗《げっと》

春愁《しゅんしゅう》を抱《だ》くほど花《はな》を買《か》ひ《（い）》にけり　鈴木真砂女《すずきまさじょ》

春愁《しゅんしゅう》の身《み》にまとふ《（う）》ものやは《（わ）》らかし　桂《かつら》　信子《のぶこ》

春愁《しゅんしゅう》やかたづきすぎし家《いえ》の中《なか》　八染《やそめ》　藍子《あいこ》

木《き》の芽和《めあえ》　筍《たけのこ》の木《き》の芽《め》和《あえ》。山椒《さんしょう》の香《こう》ばしさが口いっぱいに広がる。

目刺《めざし》　昔から庶民《しょみん》の食べ物として親しまれてきたが、最近はかつてほど食べられていない。

菜飯《なめし》　緑色の大根の葉が、春の訪《おとず》れを感じさせる。

木《き》の芽《め》和《あえ》

山椒和《さんしょうあえ》

解説　**木《き》の芽和《めあえ》**は、山椒《さんしょう》の若芽《わかめ》をよくすりつぶし、砂糖《さとう》とみそを加えて混《ま》ぜ合《あ》わせたものに、出たての筍《たけのこ》やゆでた烏賊《いか》などを和《あ》えたもの。春ならではの季節料理の一つで、**山椒和《さんしょうあえ》**ともいう。

山椒《さんしょう》の若芽《わかめ》は木《き》の芽《め》と呼《よ》ばれ、香《かお》りと辛味《からみ》が強く、香味料《こうみりょう》として木《き》の芽和《めあえ》だけでなく、春のいろいろな料理に使われる。

木《き》の芽和《めあえ》この頃朝《ごろあさ》の食《しょく》すすむ　上村《うえむら》　占魚《せんぎょ》

木《き》の芽和《めあえ》山河《さんが》は夜《よる》もかぐは《(わ)》しき　井沢《いざわ》　正江《まさえ》

鎌倉《かまくら》の海《うみ》に雨《あめ》ふる木《き》の芽和《めあえ》　大嶽《おおたけ》　青児《せいじ》

つつがなき日《ひ》のつづきを《(お)》り木《き》の芽和《めあえ》　佐川《さがわ》　広治《ひろじ》

菜《な》飯《めし》

解説　**菜飯《なめし》**は、小松菜《こまつな》や油菜、大根の葉などの青菜をゆでて細かく刻《きざ》んだものを、薄《うす》い塩味で炊《た》きあげたご飯に混《ま》ぜたもの。白いご飯と緑色の菜。その色彩《しきさい》と香《かお》りに春の訪《おとず》れが感じられる。

江戸《えど》時代、東海道《とうかいどう》の間宿《*あいのしゅく》・菊川《きくがわ》（静岡《しずおか》県金谷町《かなやちょう》）は、この菜飯《なめし》と田楽《でんがく》を名物にしたという。今も、昔ながらの菜飯《なめし》を味わうことができる。

さみどりの菜飯《なめし》が出来《でき》てかぐは《(わ)》しや　高浜《たかはま》　虚子《きょし》

菜飯《なめし》くへ《(え)》ば古里《ふるさと》に似《に》し雨《あめ》が降《ふ》る　櫻木《さくらぎ》　俊晃《しゅんこう》

大盛《おおも》りの秀衡椀《*ひでひらわん》の菜飯《なめし》かな　皆川《みながわ》　盤水《ばんすい》

菜飯《なめし》喰《く》ひ《(い)》少《すこ》しふとりしかと思《おも》ふ《(う)》　草間《くさま》　時彦《ときひこ》

＊間宿《あいのしゅく》＝江戸《えど》時代、正規《せいき》の宿場と宿場の間に設《もう》けられた、旅人のための休憩《きゅうけい》の宿。

＊秀衡椀《ひでひらわん》＝岩手県でつくられる秀衡塗《ひでひらぬり》のお椀《わん》。

目《め》刺《ざし》

目刺鰯《めざしいわし》

解説　**目刺《めざし》**は、小さい形の鰯《いわし》に軽く塩をふり、数《すう》匹《ひき》連ねて目に藁《わら》を通し、天日《てんぴ》に干《ほ》したもの。安いので、昔から庶民《しょみん》の食べ物とされている。

焼いて熱いうちに食べると、ほろ苦さもあり、おいしい。

春には、目刺《めざし》のほかにも干鱈《ひだら》、干鰈《ほしがれい》、白子干《しらすぼし》といった干物類《ひものるい》が多くなる。

重《かさ》なりて同《おな》じ反《そ》りなる目刺《めざし》かな　篠原《しのはら》　温亭《おんてい》

殺生《*せっしょう》の目刺《めざし》の藁《わら》を抜《ぬ》きにけり　川端《かわばた》　茅舎《ぼうしゃ》

日《ひ》が照《て》れど小雨《こさめ》は降《ふ》れど目刺《めざし》干《ほ》す　阿波野《あわの》青畝《せいほ》

みつ《(つ)》つかなし目刺《めざし》の同《おな》じ目《め》の青《あお》さ　加藤《かとう》　楸邨《しゅうそん》

＊殺生《せっしょう》＝生き物を殺すこと。

春祭《はるまつり》　宮城県《みやぎけん》涌谷町《わくやちょう》の春祭。

春祭《はるまつり》

解説　俳句《はいく》では、**祭**《まつり》（夏1巻33ページ参照）といえば夏の季語となる。それに対して春に行われる祭りは**春祭**《はるまつり》と呼《よ》ばれる。**春祭**《はるまつり》は、*山王祭《さんのうまつり》や*高山祭《たかやままつり》などの全国的に有名な祭りばかりでなく、名も知られていない、農村の小さな神社の祭りもさす。

農業国であったわが国では、春には、農作業、とくに稲作《いなさく》の開始にあたって、田の神を村里に迎《むか》え、その年の豊作《ほうさく》を祈願《きがん》するための祭りが一般的《いっぱんてき》であった。また、春になると活発になる疫病《えきびょう》や悪《あく》霊《りょう》をはらうために行われる祭りもあった。

現在《げんざい》も、全国各地で昔ながらの春祭が行われている。

*山王祭《さんのうまつり》、高山祭《たかやままつり》は春2巻41ページを参照。

春祭宿《はるまつりやど》の障子《しょうじ》をあけて見《み》る　大野《おおの》林火《りんか》
刃《は》を入《い》れしものに草《くさ》の香《か》春《はる》まつり　飯田《いいだ》龍太《りゅうた》
ぎしぎしと春《はる》の祭《まつり》の幟《のぼり》かな　石田《いしだ》勝彦《かつひこ》
春祭狐《はるまつりきつね》の面《めん》が畦《あぜ》とんで　細川《ほそかわ》加賀《かが》
夕暮《ゆうぐれ》は雲《くも》に埋《うず》まり春祭《はるまつり》　廣瀬《ひろせ》直人《なおと》
どこからも*甲斐駒見《かいこまみ》えて春祭《はるまつり》　日美《ひみ》清史《せいし》

*甲斐駒《かいこま》＝山梨《やまなし》県と長野県の県境《けんざかい》にある甲斐駒《かいこま》ヶ岳《がたけ》のこと。

遍路《へんろ》　白装束《しろしょうぞく》を着て、遍路杖《へんろづえ》をついて札所《ふだしょ》を巡《めぐ》る。

遍路《へんろ》

遍路宿《へんろやど》・遍路笠《へんろがさ》・遍路杖《へんろづえ》

解説　平安《へいあん》時代初期に*弘法大師《こうぼうだいし》が四国をまわって修行《しゅぎょう》された八十八か所の霊場《れいじょう》を札所《ふだしょ》といい、そこを参拝《さんぱい》して巡《めぐ》ること、または巡《めぐ》る人のことを**遍路**《へんろ》という。遍路《へんろ》は、千四百キロ余《あま》りの道のりを約四十日かけて巡《めぐ》る。白衣《はくい》を着て、**遍路笠**《へんろがさ》をかぶり、**遍路杖**《へんろづえ》をついて、*御詠歌《ごえいか》を歌いながら札所《ふだしょ》を巡《めぐ》る遍路《へんろ》たちを土地の人たちは心をこめてもてなし、宿を提供《ていきょう》したりすることもある。

巡礼《じゅんれい》は、気候のよい三月から五月上旬《じょうじゅん》にかけてもっとも盛《さか》んになる。菜《な》の花《はな》や紫雲英《げんげ》(れんげ)の中をゆく白装束《しろしょうぞく》の人たちの姿《すがた》は四国の春の風物詩である。

*弘法大師《こうぼうだいし》＝空海《くうかい》。平安《へいあん》時代初めに真言宗《しんごんしゅう》を開いた僧《そう》。
*御詠歌《ごえいか》＝和歌《わか》などに節《ふし》をつけた巡礼歌《じゅんれいか》。

*道《みち》のべの*阿波《あわ》の遍路《へんろ》の墓《はか》あは《(わ)》れ　高浜《たかはま》虚子《きょし》
塩田《えんでん》に遍路《へんろ》の鈴《すず》の遠音《とおね》あり　石原《いしはら》舟月《しゅうげつ》
お遍路《へんろ》の美《うつく》しければあは《(わ)》れなり　高浜《たかはま》年尾《としお》
石段《いしだん》をひろがりのぼる遍路《へんろ》かな　皆吉《みなよし》爽雨《そうう》
似《に》たれども吾《われ》の筈《はず》なき遍路《へんろ》かな　能村《のむら》登四郎《としろう》
くれないの櫛《くし》ふところに*阿波遍路《あわへんろ》　有馬《ありま》朗人《あきと》

*道《みち》のべ＝道ばた。
*阿波《あわ》＝徳島《とくしま》県の昔の国名。

鶯《うぐいす》　白梅《はくばい》の枝《えだ》にとどまる鶯《うぐいす》。「梅《うめ》に鶯《うぐいす》」は、春を代表する花と鳥の取り合わせとされる。雀《すずめ》くらいの大きさのかわいらしい鳥である。

鶯《うぐいす》

春告鳥《はるつげどり》・鶯《うぐいす》の谷渡《たにわた》り

解説　春の鳥といって思《おも》い浮《う》かべるのはやはり**鶯**《うぐいす》であろう。梅《うめ》と鶯《うぐいす》は、いかにも春らしい取り合わせとして知られる。

鶯《うぐいす》は、鶯色《うぐいすいろ》といわれる茶色がかった緑色が美しい小柄《こがら》の鳥で、しぐさもかわいらしい。

しかし、鶯《うぐいす》の人気が高いのは、何といってもその鳴き声の美しさと変化によるだろう。春さき、山から里に下りてきた鶯《うぐいす》はまだ上手に歌えない。チャッチャッと鳴きながら枝《えだ》を渡《わた》り歩《ある》く。

そのうち、上手になった鶯《うぐいす》がホーホケキョと高らかにさえずる。このさえずりに人々は春が来たと実感し、喜ぶ。鶯《うぐいす》が**春告鳥**《はるつげどり》と呼《よ》ばれるのも、この一声《ひとこえ》があるからである。

鶯《うぐいす》は、四月には山に帰る。このころになると鳴き方も上手になって、ケキョケキョケキョと続けざまにさえずる声が山々にひびくようになる。これを**鶯**《うぐいす》**の谷渡**《たにわた》**り**という。

夏には山で、鶯《うぐいす》の美しいさえずりを聴《き》くことができる。

さえずる鶯《うぐいす》

鶯《うぐいす》がさえずるのは、近くにいる鶯《うぐいす》に存在《そんざい》を知らせ、けんかになるのを避《さ》けるためである。昔は、飼《か》い鳥《どり》にもなったが、現在《げんざい》は野鳥の保護《ほご》のため飼育《しいく》は禁止《きんし》されている。

鶯《うぐいす》や餅《もち》に糞《ふん》する縁《えん》*の先《さき》　松尾《まつお》　芭蕉《ばしょう》

鶯《うぐいす》や夢《ゆめ》のつづきの中《なか》に聞《き》く　阿部《あべ》みどり女《じょ》

鶯《うぐいす》や前山《ぜんざん》いよよ雨《あめ》の中《なか》　水原秋櫻子《みずはらしゅうおうし》

*一《いち》の谷《たに》より鶯《うぐいす》の谷渡《たにわた》り　小田三千代《おだみちよ》

鶯《うぐいす》のややはつ《(つ)》きりと雨《あめ》の中《なか》　深見《ふかみ》けん二《じ》

鶯《うぐいす》のこゑ《(え)》 *前方《ぜんぽう》に後円《こうえん》に　鷹羽《たかは》　狩行《しゅぎょう》

＊縁《えん》の先《さき》＝縁側《えんがわ》（家の外側にある長い板敷《いたじき》）の先。
＊一《いち》の谷《たに》＝兵庫《ひょうご》県神戸《こうべ》市須磨《すま》区の一地域《ちいき》。源平《げんぺい》合戦の古戦場の一つ。
＊前方《ぜんぽう》に後円《こうえん》に＝前方後円墳《ぜんぽうこうえんふん》の前方部のほうにも後円部のほうにも。

雉《きじ》　美しく輝《かがや》く羽を持つ雄《おす》の雉《きじ》。

雲雀《ひばり》　草原に降《お》り立《た》ち、あたりを警戒《けいかい》する雲雀《ひばり》。

雉《きじ》

雉子《きじ》

解説　**雉**《きじ》は世界中でわが国にだけ、しかも本州、四国、九州にしか生息しない鳥で、一九四七（昭《しょう》和《わ》二十二）年、日本の国鳥と定められた。林や草原などにすみ、早春のころ、草地のくぼみに卵《たまご》を産む。

雄《おす》は暗緑色の美しく輝《かがや》く羽と、長い尾羽《おばね》をもっている。春の繁殖期《はんしょくき》には、ケンケンという高い鳴き声で、雌《めす》を呼《よ》ぶ。雌《めす》は雄《おす》にくらべると地味で目立たない。また、夫婦愛《ふうふあい》、家族愛の強い鳥としても有名である。

雉《きじ》は一年中いる留鳥《りゅうちょう》だが、春、いかにも哀《あわ》れ深《ぶか》い声で鳴くので古くから春の季語とされている。

父母《ちちはは》のしきりに恋《こい》し雉子《きじ》の声《こえ》　松尾《まつお》芭蕉《ばしょう》

うす墨《ずみ》の夕暮過《ゆうぐれすぎ》や雉《きじ》の声《こえ》　小林《こばやし》一茶《いっさ》

雉子《きじ》おりて長《なが》き尾《お》をひく岩《いわ》の上《うえ》　村上《むらかみ》鬼城《きじょう》

山道《やまみち》や人去《ひとさり》て雉《きじ》あらは《(わ)》るる　正岡《まさおか》子規《しき》

雉子《きじ》の眸《め》のかう《(こ)》かう《(こ)》として売《う》られけり　加藤《かとう》楸邨《しゅうそん》

雉啼《きじな》くや日《ひ》はしろがね*のつめたさに　上村《うえむら》占魚《せんぎょ》

＊しろがね＝白金、銀のこと。

雲雀《ひばり》

揚雲雀《あげひばり》・初雲雀《はつひばり》・夕雲雀《ゆうひばり》・落雲雀《おちひばり》

解説　春の野でもっとも親しまれている小鳥は、**雲雀**《ひばり》であろう。霞《かすみ》がかった空高く舞《ま》い上《あ》がり、ピーチュル、ピーチュルとさえずっている声はいかにものどかであり、春そのものの光景である。

雲雀《ひばり》は草原や畑の中に巣《す》を作り、子どもを育てる。体は保護色《ほごしょく》で地味な色合いをしていて、行動も慎重《しんちょう》である。巣《す》から離《はな》れたところから一直線に飛び上がり、朗《ほが》らかにさえずりつづける。これを**揚雲雀**《あげひばり》という。さえずり終わると石のように一直線に、巣《す》から離《はな》れた地面に下り、そこから地面を走って巣《す》へ向かう。これを**落雲雀**《おちひばり》という。この用心深さで、巣《す》が見つからないようにしている。

雲雀《ひばり》より空《そら》にやすらふ《(う)》峠《とうげ》かな　松尾《まつお》芭蕉《ばしょう》

山風《やまかぜ》にながれて遠《とお》き雲雀《ひばり》かな　飯田《いいだ》蛇笏《だこつ》

雨《あめ》の日《ひ》は雨《あめ》の雲雀《ひばり》のあがるなり　安住《あずみ》敦《あつし》

雲雀落《ひばりお》ち天《てん》に金粉残《きんぷんのこ》りけり　平井《ひらい》照敏《しょうびん》

たちまちに天《てん》の雲雀《ひばり》となりしかな　片山由美子《かたやまゆみこ》

揚雲雀空《あげひばりそら》のまん中《なか》ここよここよ　正木《まさき》ゆう子《こ》

季語になる

春の鳥

小綬鶏《こじゅけい》　低い山や森林、竹やぶなどにすむ。鳩《はと》より少し大きい鳥である。

鷽《うそ》　笛《ふえ》を吹《ふ》くような美しい声で鳴く。雄《おす》は、胸《むね》の上部がバラ色で、姿《すがた》が美しい。

山鳥《やまどり》　山地の斜面《しゃめん》や沢《さわ》ぞいにすむ。体の色が茶色く、尾《お》が長くて美しい。

菊戴《きくいただき》

名前の通り、雄《おす》の頭には菊《きく》の花のような模様《もよう》がある。昔は松毟鳥《まつむしり》と呼《よ》ばれた。

解説　春になると、多くの鳥が人家近くに姿《すがた》を見せるようになる。また、日本から北へ帰ってゆく鳥もあれば、南から渡《わた》ってくる鳥たちもいる。

多くの鳥たちが卵《たまご》を産み、ひなを育て、やがて巣《す》立《だ》ちをする。鳥たちの縄張《なわば》りを宣言《せんげん》する声、争う声、恋《こい》する声、親に甘《あま》える声、さまざまなさえずりが人々に春を感じさせる。

春の鳥としては、**鶯**《*うぐいす》、**雉**《きじ》、**雲雀**《ひばり》などがとくに有名だが、雉《きじ》の仲間でやや大きくて尾《お》が長くて美しい**山鳥**《やまどり》、同じキジ科でもやや小さく、ひなたちを連れて歩く姿《すがた》が見られる**小綬鶏**《こじゅけい》などがいる。また、森林などに住み、雀《すずめ》よりやや大きく美しい**鷽**《うそ》、日本でいちばん小さい鳥、**菊戴**《きくいただき》（**松毟鳥**《まつむしり》）なども春の鳥である。さらに、秋の季語とされている**鵙**《もず》（秋巻22ページ参照）も、繁殖期《はんしょくき》を迎《むか》える春にもよく見かけることから、**春**《はる》**の鵙**《もず》として詠《よ》まれることがある。

* 鶯《うぐいす》は31ページ、雉《きじ》、雲雀《ひばり》は前のページを参照。

眦《*まなじり》に金《きん》ひとすぢ（じ）や春《はる》の鵙《もず》　橋本《はしもと》鶏二《けいじ》

山鳥《やまどり》の羽音《はおと》つつぬけ桑畑《くわばたけ》　皆川《みながわ》盤水《ばんすい》

小綬鶏《こじゅけい》の家族《かぞく》らし谷《やと》ゆきどまり　加藤《かとう》瑠璃子《るりこ》

昼過《ひるす》ぎて翳《かげ》る城山鷽《しろやまうそ》鳴《な》けり　朝妻《あさつま》力《りき》

松毟鳥山路《まつむしりやまじ》ここより峠口《とうげぐち》　後藤《ごとう》春翠《しゅんすい》

* 眦《なまじり》＝目じり。

鳥《とり》の巣《す》　巣《す》の中でえさをねだる頬白《ほおじろ》のひな。

囀《さえずり》　枝《えだ》に止まってさえずる。

百千鳥《ももちどり》

解説　春の朝は、山すそなどで十数種類から三、四十種の鳥が集まって来るという。このように多くの春の鳥がさえずること、そして、いっせいに鳴きかわすようすを**百千鳥**《ももちどり》という。よほど鳥の鳴き声に詳《くわ》しい人でなければ、聞きわけることはむずかしいが、うららかな春の日に、小鳥たちのさえずりに春の歓《よろこ》びを感じとった季語である。

入《い》り乱《みだ》れ入《い》り乱《みだ》れつつ百千鳥《ももちどり》　正岡《まさおか》子規《しき》

百千鳥《ももちどり》眴《めくばせ》あちらこちらかな　川端《かわばた》茅舎《ぼうしゃ》

百千鳥《ももちどり》とおもふ(う)瞼《まぶた》を閉《と》ぢ(じ)しまま　川崎《かわさき》展宏《てんこう》

一《ひ》と声《こえ》は雲《くも》の中《なか》より百千鳥《ももちどり》　高橋《たかはし》悦男《えつお》

囀《さえずり》

囀《さえず》る

解説　ふつう鳥の声は**囀**《さえずり》と地鳴《じな》きの二つに分けられる。**囀**《さえずり》とは鳥の繁殖期《はんしょくき》の鳴き声、そして地鳴《じな》きとはその時期以外の日常的で単純《たんじゅん》な鳴き方のことである。縄張《なわば》りの宣言《せんげん》、求愛の呼《よ》びかけなど、繁《はん》殖期《しょくき》に鳥のさえずりは最高潮《さいこうちょう》に達する。

その鳥たちの美しいさえずりは、人々に春が来たことを感じさせる。

囀《さえずり》やあは(わ)れなるほど喉《のど》ふくれ　原《はら》石鼎《せきてい》

囀《さえずり》をこぼさじ*と抱《だ》く大樹《たいじゅ》かな　星野《ほしの》立子《たつこ》

囀《さえずり》の一羽《いちわ》なれどもよくひびき　深見《ふかみ》けん二《じ》

だんだんに囀《さえず》りの木《き》の濡《ぬ》れてきし　岡本《おかもと》高明《こうめい》

＊こぼさじと＝こぼさないようにと。

鳥《とり》の巣《す》

小鳥《ことり》の巣《す》・巣組《すぐ》み・古巣《ふるす》・巣箱《すばこ》

解説　巣《す》は、鳥が産んだ卵《たまご》を抱《だ》き、卵《たまご》がかえった後、ひなを巣立《すだ》ちの段階《だんかい》まで育てる場所である。巣《す》が作られる場所、材料は鳥によって異《こと》なる。ひなが巣立《すだ》って役目が終わると巣《す》は空《あ》き巣《す》になる。これが**古巣**《ふるす》である。**巣箱**《すばこ》は、鳥を保護《ほご》するための人工的な巣《す》である。日本に生息する鳥の一割《いちわり》ほどが利用しているという。

鳥《とり》の巣《す》を覗《のぞ》いて登《のぼ》る峠《とうげ》かな　大越《おおこし》希因《きいん》

巣《す》づくりをゆるして樅《もみ》の木《き》も老《お》いぬ　村越《むらこし》化石《かせき》

てのひらに鳥《とり》の巣《す》といふ(う)もろきもの　石《いし》寒太《かんた》

巣箱《すばこ》かけて少年《しょうねん》夕日《ゆうひ》まみれなり　増永《ますなが》安子《やすこ》

栄螺《さざえ》　このまま火にかけて焼くのが、壺焼《つぼやき》である。

浅蜊汁《あさりじる》　身とともに、汁《しる》のおいしさも味わえる。

栄螺《さざえ》

壺焼《つぼやき》

解説　**栄螺《さざえ》**は、大人の握《にぎ》りこぶしくらいの巻《ま》き貝《がい》で、まわりにとげ状《じょう》の突起《とっき》をもつ。高さは十センチほどで、北海道南部から九州にかけて分布《ぶんぷ》している。ほとんどの栄螺《さざえ》は外洋に面した岩礁《がんしょう》地帯にくらしていて、夜間活動して海藻《かいそう》などを食べる。殻《から》の口は丸く大きく、ふたは石灰質《せっかいしつ》で固く、中の渦巻《うずま》き状《じょう》の身を守っている。

身は固くコリコリしていて、刺《さ》し身《み》でも食べるが、壺《つぼ》のまま火にかけて焼き、塩やしょう油をかけて食べる**壺焼《つぼやき》**はよく知られている。

また、殻《から》は貝細工に使われ、貝ボタンの材料などにも利用されている。

浅蜊《あさり》

浅蜊取《あさりとり》・浅蜊汁《あさりじる》・浅蜊売《あさりうり》

解説　**浅蜊《あさり》**は、北海道から九州にかけて、広く分《ぶん》布《ぷ》している二枚貝《にまいがい》である。全国各地の内海や、淡《たん》水《すい》の混《ま》じる砂泥地《さでいち》の海浜《かいひん》でとれる。採《と》りやすくおいしいので古くから親しまれており（**浅蜊取《あさりとり》**）、現《げん》在《ざい》も**潮干狩《しおひがり》**（春2巻70ページ参照）の貝として人気が高い。

小さな貝は、汁《しる》の具になる（**浅蜊汁《あさりじる》**）。少し大きくなると、むき身にしてつくだ煮《に》にしたり、炊込《たきこ》みご飯の具として食べる。栄養価《えいようか》も高い。

愛知《あいち》県の知多《ちた》半島と握美《あつみ》半島の間では、十センチもある大浅蜊《おおあさり》が採《と》れる。また、東京都江東《こうとう》区の深《ふか》川《がわ》に伝わる浅蜊飯《あさりめし》（深川飯《ふかがわめし》）も、よく知られている。

壺焼《つぼやき》の壺傾《つぼかたむ》きて火《ひ》の崩《くず》れ　内藤《ないとう》鳴雪《めいせつ》

*海凪《うみな》げるしづ《(ず)》かさに焼《や》く栄螺《さざえ》かな　飯田《いいだ》蛇笏《だこつ》

はるばると海《うみ》よりころげきし栄螺《さざえ》　秋元不死男《あきもとふじお》

壺焼《つぼやき》や汐《しお》ぼたぼたと*海女《あま》通《とお》る　牧野《まきの》寥々《りょうりょう》

しんかんと栄螺《さざえ》の籠《かご》の十《とお》ばかり　飯田《いいだ》龍太《りゅうた》

海光《かいこう》のなほ《(お)》まつは《(わ)》りて栄螺籠《さざえかご》　鷹羽《たかは》狩行《しゅぎょう》

*海凪《うみな》げる＝風がおさまって、海がおだやかな状態《じょうたい》になること。
*海女《あま》＝海にもぐって漁をする女性《じょせい》。

*我《われ》がちに数《かず》あるものを蜊《あさり》とり　加舎《かや》白雄《しらお》

浅蜊《あさり》掘《ほ》る太平洋《たいへいよう》を股《また》のぞき　津田《つだ》清子《きよこ》

浅蜊《あさり》に水《みず》いつ《(っ)》ぱい張《は》つ《(っ)》て熟睡《じゅくすい》す　菖蒲《しょうぶ》あや

浅蜊《あさり》の舌別《したべつ》の浅蜊《あさり》の舌《した》にさは《(わ)》り　小澤《おざわ》實《みのる》

波少《なみすこ》し入《い》れて濯《すす》ぎぬ浅蜊籠《あさりかご》　中岡《なかおか》毅雄《たけお》

夕空《ゆうぞら》を深《ふか》めゆきけり浅蜊売《あさりうり》　柳澤《やなぎさわ》とし子《こ》

*我《われ》がちに＝我《われ》も我《われ》もと先を争って。

蛤《はまぐり》　殻《から》の表面の模様《もよう》はさまざまである。

桜貝《さくらがい》　砂浜《すなはま》に打ち上げられた美しい桜色《さくらいろ》の貝殻《かいがら》。

蛤《はまぐり》

蛤鍋《はまなべ》・蒸蛤《むしはまぐり》・焼蛤《やきはまぐり》

解説　**蛤《はまぐり》**は、浅い海の砂《すな》の中にいて、殻《から》の表面はなめらかで、浅蜊《あさり》とともに**潮干狩《しおひがり》***の貝として知られている。比較的《ひかくてき》大きな二枚貝《にまいがい》だが、色も形も風味もよく、貝類の王として結婚式《けっこんしき》や雛《ひな》の節句《せっく》によく用いられる。また、吸《す》い物《もの》、**蛤鍋《はまなべ》**、**蒸蛤《むしはまぐり》**、**焼蛤《やきはまぐり》**など、いろいろな調理に利用される。

江戸《えど》時代、桑名《くわな》（三重《みえ》県）の焼蛤《やきはまぐり》は名物として有名であった。また、昔、大阪《おおさか》ではよい蛤《はまぐり》が採《と》れ、これを酢《す》で和《あ》えてなます*にした。

蛤《はまぐり》の殻《から》は昔、薬の入れ物や子どものおもちゃなどに使われた。宮崎《みやざき》県の蛤《はまぐり》から作られる白い碁石《ごいし》は最高級品とされ、有名である。

汁椀《しるわん》に大蛤《おおはまぐり》の一《ひと》つかな　内藤《ないとう》鳴雪《めいせつ》

蛤《はまぐり》に雀《すずめ》の斑《ふ》*あり哀《あわ》れかな　村上《むらかみ》鬼城《きじょう》

蛤《はまぐり》の荷《に》よりこぼるるうしほ《(お)》*かな　正岡《まさおか》子規《しき》

からからと蛤《はまぐり》量《はか》る音《おと》すなり　岡本《おかもと》松浜《しょうひん》

蛤《はまぐり》のひらけば椀《わん》にあまりけり　水原《みずはら》秋櫻子《しゅうおうし》

帆《ほ》の立《た》ちしごとく蛤焼《はまぐりや》かれけり　阿波野《あわの》青畝《せいほ》

桜貝《さくらがい》

紅貝《べにがい》・花貝《はながい》

解説　**桜貝《さくらがい》**は、殻《から》の直径が三センチほどの二枚貝《にまいがい》である。殻《から》が薄《うす》いので、光が透《す》き通《とお》り、貝は桜色《さくらいろ》に美しくかがやくため、この名がついた。**紅貝《べにがい》**、**花貝《はながい》**とも呼《よ》ばれる。

日本各地の浅い海にすんでいるが、とくに瀬戸《せと》内海《ないかい》に多い。殻《から》がなぎさに打ち上げられているのを見ることが多く、その光景は、ピンクの花びらがたくさん散っているようで美しい。この美しさのため、古くから和歌に詠《よ》まれてきた。

ほかの貝は、春が食用としておいしいので、春の季語とされるものが多いが、桜貝《さくらがい》は、色彩《しきさい》が桜《さくら》の花《はな》のように美しいので、春の季語となった。

拾《ひろ(わ)》はんとすれば波来《なみく》る桜貝《さくらがい》　岡田《おかだ》耿陽《こうよう》

桜貝《さくらがい》さびしくなれば沖《おき》を見《み》る　福田《ふくだ》蓼汀《りょうてい》

目《め》にあてて海《うみ》が透《す》くなり桜貝《さくらがい》　松本《まつもと》たかし

さくら貝拾《がいひろ(い)》ひあつめて色湧《いろわ》けり　上村《うえむら》占魚《せんぎょ》

おなじ波《なみ》ふたたびは来《こ》ずさくら貝《がい》　木内《きうち》怜子《れいこ》

桜貝《さくらがい》ひとつ拾《ひろ(い)》ひてひとつきり　三村《みむら》純也《じゅんや》

＊潮干狩《しおひがり》＝春２巻70ページを参照。
＊なます＝細かく切って酢《す》にひたした料理。
＊斑《ふ》＝まだら。模様《もよう》。　＊うしほ＝海の水。潮《しお》のこと。

季語になる

春の貝

烏貝《からすがい》 各地の湖や沼《ぬま》に生息する二枚貝《にまいがい》で、25センチほどの大きさになる。淡水産《たんすいさん》二枚貝《にまいがい》では日本最大。

赤貝《あかがい》 赤貝《あかがい》という名は、肉が赤いことからついた。春にとくにおいしく、鮨種《すしだね》や酢《す》の物《もの》にして食べる。

馬蛤貝《まてがい》 殻《から》の長さが10センチほどの筒状《つつじょう》の二枚貝《にまいがい》。貝柱が珍重《ちんちょう》されている。馬刀《まて》貝《がい》とも書く。

鳥貝《とりがい》 鳥貝《とりがい》という名は、足の形が鳥の首に似《に》ていることからついたといわれる。鮨種《すしだね》や酢《す》の物《もの》にして食べる。

子安貝《こやすがい》 たから貝とも呼《よ》ばれる巻貝《まきがい》。安産のお守りにもされ、古代には貨幣《かへい》のかわりにもなった。

解説 貝類は、採《と》りやすいうえに味がよく、しかも栄養価《えいようか》も高いので、大昔から人間に好まれ、その生活を支《ささ》えてきた。縄文人《じょうもんじん》がのこした貝塚《かいづか》を見れば、多くの貝が人間にとっていかに大事であったかがわかる。

また、現在《げんざい》ゴールデンウィークごろに盛《さか》んに行われる**潮干狩《しおひがり》**（春2巻70ページ参照）は、春の代表的な行楽《こうらく》の一つとなっている。

春は貝類の産卵期《さんらんき》で、味がよくなることから、多くの貝が春の季語となっている。殻《から》が黒い**烏貝《からすがい》**、横長で筒状《つつじょう》の**馬蛤貝《まてがい》**、鮨種《すしだね》として知られる**鳥貝《とりがい》**や**赤貝《あかがい》**、そして**馬珂貝《ばかがい》**（アオヤギ）、*『竹取物語《たけとりものがたり》』にも登場する**子安貝《こやすがい》**をはじめ、**常節《とこぶし》**、**貽貝《いがい》**、**月日貝《つきひがい》**、**北寄貝《ほっきがい》**などおいしい貝がたくさんある。

*『竹取物語《たけとりものがたり》』＝平安《へいあん》時代に成立したわが国最古の物語。

馬珂貝《ばかがい》の*逃《に》げも得《え》せずに掘《ほ》られけり　村上《むらかみ》鬼城《きじょう》

烏貝《からすがい》の臭《にお》ひ《(い)》が*浦《うら》の活気《かっき》なり　米澤吾亦紅《よねざわわれもこう》

常節《とこぶし》のこぼれしひとつちぢみけり　宮津《みやつ》昭彦《あきひこ》

馬刀貝《まてがい》の吐《は》きたる泡《あわ》と思《おも》は《(わ)》るる　栗島《くりしま》弘《ひろし》

手秤《てばかり》にかけて赤貝三《あかがいみっ》つ買《か》ふ《(う)》　北田《きただ》桃代《ももよ》

おはじきに混《まじ》りてを《(お)》りし子安貝《こやすがい》　安部紀与子《あべきよこ》

*逃《に》げも得《え》せずに＝逃《に》げることもできずに。
*浦《うら》＝海辺。

蜆汁《しじみじる》　昔から庶民《しょみん》の食べ物として、好んで食べられている。

蜆《しじみ》

蜆貝《しじみがい》・蜆汁《しじみじる》・蜆舟《しじみぶね》・蜆売《しじみうり》・蜆採《しじみとり》・蜆掘《しじみほり》

解説　**蜆《しじみ》**は黒、または赤茶色の殻《から》の小さな二枚貝《にまいがい》。淡水《たんすい》にも、海水の混《ま》じる河口《かこう》付近にも生息する。日本各地に分布《ぶんぷ》し、簡単《かんたん》に採《と》れ、値段《ねだん》が安いことから、庶民《しょみん》の食卓《しょくたく》、とくにみそ汁《しる》の具として欠かせないものである。昔は早朝の町を「しじみー、しじみー」と売り歩く**蜆売《しじみうり》**の光景がよく見られた。

蜆《しじみ》を具としたみそ汁《しる》は**蜆汁《しじみじる》**と呼《よ》ばれ、少し泥臭《どろくさ》いが、肝臓《かんぞう》にとてもよいといわれ、薬になるとして珍重《ちんちょう》された。旬《しゅん》は春であるが、夏の暑いときには土用蜆《どようしじみ》、冬の寒いときには寒蜆《かんしじみ》と呼《よ》んで、好んで食べられる貝である。島根《しまね》県の宍道湖《しんじこ》の蜆《しじみ》はとくに有名である。

からからと鍋《なべ》に蜆《しじみ》をうつしけり　松根東洋城《まつねとうようじょう》

汐引《しおひ》けばかは《(わ)》る景色《けしき》や蜆掘《しじみほり》　大場白水郎《おおばはくすいろう》

蜆舟少《しじみぶねすこ》しかたぶき戻《もど》りけり　安住《あずみ》　敦《あつし》

工場《こうじょう》の塀《へい》ぎは《(わ)》濡《ぬ》らし蜆売《しじみうり》　澤木《さわき》　欣一《きんいち》

掌《て》に盛《も》れば蜆眩《しじみまぶ》しくこぼれ落《お》つ　山田《やまだ》みづえ

蜆舟《しじみぶね》舳《へ》先《さき》が風《かぜ》に流《なが》さるる　倉田《くらた》　紘文《こうぶん》

田螺《たにし》　水の中を動き回る田螺《たにし》。

田螺《たにし》

田螺取《たにしとり》・田螺鳴《たにしな》く

解説　**田螺《たにし》**は、水田や湖、沼《ぬま》の泥《どろ》の中にすむ、五、六センチほどの蝸牛《かたつむり》のような形をした巻《ま》き貝《がい》。

春から初夏《しょか》にかけて子貝を産む。稲《いね》の苗《なえ》が生長し始めたころ、春の日ざしを浴びて水田の中を動き回る田螺《たにし》は愛敬《あいきょう》があって、農村の人にとって親しい存在《そんざい》であり、また、貴重《きちょう》な蛋白源《たんぱくげん》であった。子どもが採《と》ってきた田螺《たにし》を煮《に》たり和《あ》え物《もの》にしたりして食べた。

また、**田螺鳴《たにしな》く**という季語もある。田螺《たにし》が鳴くわけではないが、昔の田には多くの生き物がいた。そのどれかが出す音を、もっとも身近に感じていた田螺《たにし》の発する鳴き声と考えたのであろう。

静《しず》けさに堪《たえ》て水澄《みずす》む田《た》にしかな　与謝《よさ》　蕪村《ぶそん》

ころがりて居《お》れば日暮《ひく》るる田螺《たにし》かな　高田《たかだ》　蝶衣《ちょうい》

ふるさとの煤《すす》けラム《(ン)》プと田螺汁《たにしじる》　遠藤《えんどう》　梧逸《ごいつ》

沸沸《ふつふつ》と田螺《たにし》の国《くに》の静《しず》まらず　松本《まつもと》たかし

水《みず》の中田螺黒《なかたにしくろ》き身出《みだ》し尽《つく》す　澤木《さわき》　欣一《きんいち》

大風《おおかぜ》の吹《ふ》きおさまりし田螺《たにし》かな　大嶽《おおたけ》　青児《せいじ》

望潮《しおまねき》　大きな赤いはさみを持つ望潮《しおまねき》の雄《おす》(左)と、雌《めす》(右)。

寄居虫《やどかり》　大きな巻《ま》き貝《がい》の殻《から》を背負《せお》って動く寄居虫《やどかり》。

磯巾着《いそぎんちゃく》　海中で触手《しょくしゅ》をゆらゆらさせて獲物《えもの》が来るのを待つミドリイソギンチャク。

望潮《しおまねき》

解説　海辺の砂地《すなち》にすむ、四センチくらいの小さな蟹《かに》。体が肥《こ》え、眼《め》が飛び出している。雌《めす》のはさみは小さいが、雄《おす》のはさみは左右のどちらかが極端《きょくたん》に大きい。

潮《しお》がひくと穴《あな》から出てきて、干潟《ひがた》の上で大きなはさみを振《ふ》る姿《すがた》が潮《しお》を招《まね》くように見えるところから、この名がついた。

潮《しお》まねき軍港《ぐんこう》の名《な》の浜《はま》に消《き》え　米澤吾亦紅《よねざわわれもこう》

次《つぎ》の帆《ほ》の現《あらわ》るるまで潮《しお》まねき　鷹羽《たかは》狩行《しゅぎょう》

潮《しお》まねき砂《すな》に書《か》きたる何《なに》やかや　泉《いずみ》とし

潮《しお》まねき潮《しお》を招《まね》きて昏《く》れゐ《(い)》たり　山本《やまもと》甲二《こうじ》

寄居虫《やどかり》

が《(ご)》うな

解説　巻《ま》き貝《がい》の殻《から》に入ってすむ甲殻類《こうかくるい》。**が《(ご)》うな**とも呼ぶ。蝦《えび》と蟹《かに》の中間といった形をしていて、左右ふぞろいのはさみをもっている。

外国には大型のものもいるが、日本の海辺では二、三センチほどのものが多い。成長するにつれて、次々とあいている貝殻《かいがら》を探《さが》して移《うつ》りすむ。その行動や姿《すがた》に、人々は親しみを感じた。

石《いし》を這《は》ふ《(う)》音《おと》の侘《わび》しき寄居虫《ごうな》かな　高田《たかだ》蝶衣《ちょうい》

寄居虫《やどかり》の止《とど》まるや子《こ》も考《かんが》へ《(え)》る　加藤《かとう》知世子《ちよこ》

やどかりのころりと落《お》ちし潮溜《しおだまり》　藺草《いぐさ》慶子《けいこ》

寄居虫《やどかり》の足《あし》のみ見《み》えて走《はし》りだす　米澤《よねざわ》治子《はるこ》

磯巾着《いそぎんちゃく》

解説　浅い海の磯《いそ》などに、固着している腔腸動物《こうちょうどうぶつ》*。体は円筒状《えんとうじょう》で、先に多くの触手《しょくしゅ》がある。その触手《しょくしゅ》には毒があり、水中にゆらゆらさせて小魚や小蝦《こえび》などを捕《と》らえて食べる。

触手《しょくしゅ》は、刺激《しげき》を受けると急に縮《ちぢ》む。その姿《すがた》が巾着《きんちゃく》という袋《ふくろ》に似《に》ているところから、この名がついたといわれる。

* 腔腸動物《こうちょうどうぶつ》＝無脊椎動物《むせきついどうぶつ》の一種。海月《くらげ》、珊瑚《さんご》などもその仲間。

岩《いわ》の間《ま》のいそぎんちや《(ゃ)》くの花二《はなふた》つ　田中《たなか》王城《おうじょう》

*忘《わす》れ潮《じお》いそぎんちや《(ゃ)》くの華一《はなひと》つ　鮫島《さめじま》春潮子《しゅんちょうし》

少年《しょうねん》の影《かげ》じつ《(っ)》として磯巾着《いそぎんちゃく》　川崎《かわさき》展宏《てんこう》

磯巾着小石《いそぎんちゃくこいし》あつめて眠《ねむ》りゐ《(い)》る　大石《おおいし》雄鬼《ゆうき》

* 忘《わす》れ潮《じお》＝潮《しお》がひいたあとに岩のくぼみなどに海水が残っていること。潮《しお》だまり。

蛙《かわず》　水草の上で休む殿様蛙《とのさまがえる》。

蛙《かわず》

蛙《かえる》・初蛙《はつかわず》・昼蛙《ひるかわず》・遠蛙《とおかわず》・夕蛙《ゆうかわず》

解説　**蛙《かわず》**（**蛙《かえる》**）は水田、池、沼《ぬま》などにおおく生息する。*種類はきわめて多く、赤蛙《あかがえる》、殿様蛙《とのさまがえる》、土蛙《つちがえる》などがいる。冬の間、地中や水底《みなそこ》に冬眠《とうみん》していた蛙《かえる》は、啓蟄《けいちつ》（三月六日ごろ）のころから地上にはい出して、春から夏にかけて盛《さか》んに鳴きたてる。地上に出始めたころの蛙《かえる》を、**初蛙《はつかわず》**と呼《よ》ぶ。

目が大きくて前後左右が見え、長く伸《の》びる舌《した》で昆虫《こんちゅう》などを捕《と》らえる。また、強力な後足で跳躍《ちょうやく》が得意である。泳ぎ方も後足を活用した独特《どくとく》なもので、昔、平泳ぎを蛙泳《かえるおよ》ぎといったこともある。蛙《かえる》は、日本中どこでも見られ、とくに水田で多く見られるので、日本人にはとても親しい存在《そんざい》である。

古池《ふるいけ》や蛙《かわず》飛《と》びこむ水《みず》の音《おと》　松尾《まつお》 芭蕉《ばしょう》

い《(ゆ)》うぜんとして山《やま》を見《み》る蛙《かわず》かな　小林《こばやし》 一茶《いっさ》

痩蛙《やせがえる》まけるな一茶《いっさ》これにあり　小林《こばやし》 一茶《いっさ》

子供等《こどもら》に夜《よる》が来《きた》れり遠蛙《とおかわず》　山口《やまぐち》 青邨《せいそん》

蛙《かえる》の目《め》超《こ》えて漣《さざなみ》又《また》さざなみ　川端《かわばた》 茅舎《ぼうしゃ》

昼蛙《ひるかわず》どの畦《あぜ》のどこ曲《まが(ろ)》らうか　石川《いしかわ》 桂郎《けいろう》

＊蛙《かえる》の仲間のうち、雨蛙《あまがえる》、蟇《ひきがえる》は夏の季語である。夏１巻34ページを参照。

蜂《はち》　紫雲英《げんげ》（れんげ）の花の蜜《みつ》を吸《す》う蜜蜂《みつばち》。

蜂《はち》

蜂《はち》の巣《す》・蜜蜂《みつばち》・熊蜂《くまばち》・雀蜂《すずめばち》・蜂《はち》の箱《はこ》

解説　**蜂《はち》**は六足四羽で、頭、胸《むね》、腹《はら》がはっきり分かれている典型的な昆虫《こんちゅう》である。**蜜蜂《みつばち》**、**雀蜂《すずめばち》**、**熊《くま》蜂《ばち》**（くまんばち）など、蜂《はち》は種類が多い。

なかでも、人間にいちばん縁《えん》が深いのは蜜蜂《みつばち》だ。一群《いちぐん》の巣《す》に一匹《ぴき》の女王蜂《じょおうばち》、少数の雄蜂《おすばち》、多数の働《はたら》き蜂《ばち》がいて整然とした社会をつくる。人間はその習性《しゅうせい》を利用し、各地に巣箱《すばこ》を移動《いどう》させて蜂蜜《はちみつ》を集める。蜂蜜《はちみつ》は、昔から貴重《きちょう》な甘味《かんみ》食品である。

蜂《はち》の強力な武器《ぶき》は、尾《お》にある針《はり》である。刺《さ》されると、とても痛《いた》い。ふつうの蜂《はち》は何もしなければ刺《さ》すことはないが、雀蜂《すずめばち》は狂暴《きょうぼう》で、人も刺《さ》されると命にかかわることがある。

蜂《はち》の巣《す》のぶらり*仁《に》王《おう》の手首《てくび》かな　小林《こばやし》 一茶《いっさ》

蜂《はち》の尻《しり》ふは《(わ)》ふは《(わ)》と針《はり(お)》をさめけり　川端《かわばた》 茅舎《ぼうしゃ》

朝刊《ちょうかん》に日《ひ》いつ《(っ)》ぱいや蜂《はち》あゆむ　橋本多佳子《はしもとたかこ》

日《ひ》にあれば蜜蜂《みつばち》われをめぐり去《さ》る　長谷川素逝《はせがわそせい》

巣《す》をとられ三日《みっか》うろつく雀蜂《すずめばち》　堀口《ほりぐち》 星眠《せいみん》

*土曜日《どようび》の王国《おうこく》われを刺《さ》す蜂《はち》いて　寺山《てらやま》 修司《しゅうじ》

＊仁王《におう》＝寺にある仁王像《におうぞう》のこと。

＊土曜日《どようび》の王国《おうこく》＝週休一日制だったころの、土曜日の午後のこと。土曜日の午後は、子どもたちの遊びの王国だった。

蝶《ちょう》　紫雲英《げんげ》（れんげ）の花が咲《さ》く野を舞《ま》い飛《と》ぶ蝶《ちょう》。

蝶《ちょう》

蝶々《ちょうちょう》・初蝶《はつちょう》・黄蝶《きちょう》・紋白蝶《もんしろちょう》・しじみ蝶《ちょう》・蛺蝶《たてはちょう》

解説　**蝶《ちょう》**は冬期を除《のぞ》いて一年中見られるが、とくに春に多く発生するので、春の季語とされている。ほかの季節に現《あらわ》れる蝶《ちょう》は、**夏《なつ》の蝶《ちょう》**、*__秋《あき》の蝶《ちょう》__、*__冬《ふゆ》の蝶《ちょう》__と、それぞれの季節を示《しめ》して区別する。

二対の大きな羽、二本の触角《しょっかく》、二個《こ》の大きな複《ふく》眼《がん》、らせん状《じょう》に巻《ま》いた口という点で共通点はあるが、大きい*__揚羽蝶《あげはちょう》__から小さな**しじみ蝶《ちょう》**までその種類は多く、わが国だけで二百二十種以上の蝶《ちょう》がいるといわれる。春になって初めて目にする蝶《ちょう》を**初《はつ》蝶《ちょう》**といい、**紋白蝶《もんしろちょう》**や**黄蝶《きちょう》**など小形のものが多い。

蝶《ちょう》は夜は活動しないで、昼間ひらひらと舞《ま》う。昼間は動かず、夜活動する**蛾《が》**（夏1巻42ページ参照）とはその点でちがいがある。

また、蝶《ちょう》は止まるとき羽を閉《と》じるが、蛾《が》は止まるとき羽を広げるといううちがいもある。蝶《ちょう》は美しい模様《もよう》をもつものが多く、もっとも美しい昆虫《こんちゅう》の一つとされる。

＊秋《あき》の蝶《ちょう》は秋巻28ページ、冬《ふゆ》の蝶《ちょう》は冬巻34ページを参照。

＊揚羽蝶《あげはちょう》など大形の蝶《ちょう》は、夏の季語となるので注意しよう。

山国《やまぐに》の蝶《ちょう》を荒《あら》しと思《おも（わ）》はずや　高浜《たかはま》 虚子《きょし》

一日物云《いちにちものい（わ）》はず蝶《ちょう》の影《かげ》さす　尾崎《おざき》 放哉《ほうさい》

*方丈《ほうじょう》の大庇《おおびさし》より春《はる》の蝶《ちょう》　高野《たかの》 素十《すじゅう》

初蝶《はつちょう》や吾三十《わがさんじゅう》の袖袂《そでたもと》　石田《いしだ》 波郷《はきょう》

あを（お）あを（お）と空《そら》を残《のこ》して蝶分《ちょうわか》れ　大野《おおの》 林火《りんか》

恋文《こいぶみ》をひらく速《はや》さで蝶《ちょう》が湧《わ》く　大西《おおにし》 泰世《やすよ》

＊方丈《ほうじょう》＝寺院の住職《じゅうしょく》の住まい。

しじみ蝶《ちょう》

紋白蝶《もんしろちょう》

蛺蝶《たてはちょう》

黄蝶《きちょう》

紅椿《べにつばき》　春には紅《あか》い椿《つばき》の花があちらこちらで咲《さ》いている。

椿《つばき》

紅椿《べにつばき》・白椿《しろつばき》・八重椿《やえつばき》・一重椿《ひとえつばき》・山椿《やまつばき》・落椿《おちつばき》

解説　ツバキ科の常緑樹《じょうりょくじゅ》で、北海道を除《のぞ》く各地に自生する。「つばき」という名前は、「あつばき(厚《あつ》葉木《ばき》)」の「あ」が脱落《だつらく》したものといわれ、『古事記《こじき》』や『日本書紀《にほんしょき》』にもその名が出てくる。花も美しく、実からは良質《りょうしつ》の油が採《と》れるので、春を代表する樹木《じゅもく》として古くから愛されてきた。

紅椿《べにつばき》や**白椿《しろつばき》**など色ちがいのもの、**八重椿《やえつばき》**や**一重椿《ひとえつばき》**など花の重なり具合などがちがうものなど、数百種もの椿《つばき》があり、昔から多くの人の目を楽しませてきた。椿《つばき》は十八世紀に日本からヨーロッパに伝わったが、椿《つばき》の名を一躍《いちやく》有名にしたのは歌劇《かげき》『椿姫《つばきひめ》』であろう。

落《お》ちざまに水《みず》こぼしけり花椿《はなつばき》　松尾《まつお》　芭蕉《ばしょう》

赤《あか》い椿《つばき》白《しろ》い椿《つばき》と落《お》ちにけり　河東碧梧桐《かわひがしへきごとう》

笠《かさ》へぽつ《(っ)》とり椿《つばき》だつ《(っ)》た　種田山頭火《たねださんとうか》

仰向《あおむ》きに椿《つばき》の下《した》を通《とお》りけり　池内《いけのうち》たけし

椿咲《つばきさ》き＊日輪海《にちりんうみ》の上《うえ》わたる　岸《きし》　風三樓《ふうさんろう》

日当《ひあた》りて花新《はなあたら》しき椿《つばき》かな　清崎《きよさき》　敏郎《としお》

＊日輪《にちりん》＝太陽。

白椿《しろつばき》　清らかに咲《さ》く白椿《しろつばき》の花もある。

一重椿《ひとえつばき》　花びらが重なり合わない椿《つばき》を一重椿《ひとえつばき》という。

八重椿《やえつばき》　花びらがいくつにも重なった椿《つばき》を八重椿《やえつばき》という。

木の芽《こめ》　芽吹《めぶ》くタラノキの新芽（たらの芽）。

木《こ》の芽《め》

芽立《めだち》・芽吹《めぶ》く・木《こ》の芽時《めどき》

解説　春に芽吹《めぶ》く木の芽をまとめて、**木《こ》の芽《め》**という。木の芽は「きのめ」とも読むが、「きのめ」*というと山椒《さんしょう》の若芽《わかめ》のことをさすので注意したい。

野山、街路、庭園などの木々がいっせいに芽吹《めぶ》き始《はじ》めると、春が来たことが実感できる。冬の間眠《ねむ》っていた木々がかすかに緑色に芽立ち、みるみる緑が増《ふ》え、輝《かがや》いてゆくようすは生命力に満ちあふれ、躍動感《やくどうかん》がある。

木々の芽吹《めぶ》く時期を**木《こ》の芽時《めどき》**という。日本は南北に長いので、地域《ちいき》によって芽立ちのときは異《こと》なる。また、木の種類によっても遅速《ちそく》があり、それぞれ色や形にも特徴《とくちょう》がある。

木々《きぎ》おのおの名乗《なの》り出《い》でたる木《こ》の芽《め》かな　小林《こばやし》 一茶《いっさ》

夜《よ》の色《いろ》に暮《く》れゆく海《うみ》や木《こ》の芽時《めどき》　原《はら》 石鼎《せきてい》

ひた急《いそ》ぐ犬《いぬ》に会《あ》ひ《(い)》けり木《こ》の芽道《めみち》　中村草田男《なかむらくさたお》

*隠岐《おき》やいま木《こ》の芽《め》をかこむ怒濤《どとう》かな　加藤《かとう》 楸邨《しゅうそん》

大木《たいぼく》の芽《め》ぶかんとするしづ《(ず)》かなり　長谷川素逝《はせがわそせい》

がう《(ご)》がう《(ご)》と欅芽《けやきめ》ぶけり風《かぜ》の中《なか》　石田《いしだ》 波郷《はきょう》

*「きのめ」については29ページの木《き》の芽和《めあえ》を参照。
*隠岐《おき》＝島根県の北方に浮《う》かぶ隠岐諸島《おきしょとう》。

青麦《あおむぎ》　春の日ざしを浴びて伸《の》びる青麦《あおむぎ》。

青《あお》麦《むぎ》

麦青《むぎあお》む・青麦畑《あおむぎばたけ》

解説　秋に種をまかれた麦は、冬の寒さにも負けずに芽を出し、春の訪《おとず》れとともにすくすくと育っていく。

暖《あたた》かくなるにつれて、勢《いきお》いよく緑色の葉を伸《の》ばし、やがて青い穂《ほ》を出す。そのころまでの青々とした春の麦を、**青麦《あおむぎ》**という。

麦は稲《いね》と並《なら》んで、日本でも古くから栽培《さいばい》されている重要な穀物《こくもつ》である。麦は、パンや麺類《めんるい》、みそやしょう油、菓子《かし》やビールなどに、幅広《はばひろ》く利用されている。しかし近年、外国からの輸入《ゆにゅう》が増《ふ》えたため麦畑は激減《げきげん》し、畑一面に青麦が広がる美しい風景はかつてほどは見られなくなった。

目《め》を細《ほそ》め青麦《あおむぎ》の風柔《かぜやわら》かし　富安《とみやす》 風生《ふうせい》

青麦《あおむぎ》の穂《ほ》が暮《く》るるなりしづ《(ず)》かなり　日野《ひの》 草城《そうじょう》

強風《きょうふう》に吹《ふ》かれて麦《むぎ》と吾青《われあお》し　山口《やまぐち》 誓子《せいし》

青麦《あおむぎ》の穂《ほ》のするどさよ日《ひ》は白《しろ》く　篠原《しのはら》 鳳作《ほうさく》

青麦《あおむぎ》を来《く》る朝風《あさかぜ》のはやさ見《み》ゆ　廣瀬《ひろせ》 直人《なおと》

うつうつとさらさらと青麦畑《あおむぎばたけ》　矢島《やじま》 渚男《なぎさお》

菫《すみれ》　日の当たる野原に咲《さ》く菫《すみれ》の花《はな》。紫色《むらさきいろ》の花は、野をほんのりと彩《いろど》る。

菫《すみれ》

花菫《はなすみれ》・菫草《すみれぐさ》・壺《つぼ》すみれ・山《やま》すみれ

解説　**菫《すみれ》**は、道ばたや田の畦《あぜ》、原野などに生える小さな植物である。根元から長い三角形の葉を出し、花茎《かけい》の先に濃《こ》い赤紫色《あかむらさきいろ》の美しい花が開く。菫《すみれ》の種類は全世界で四百種ほど知られているが、日本にはそのうち六十種以上が自生するという。

壺《つぼ》すみれは白い花びらに淡《あわ》い紫色《むらさきいろ》のすじが入っているが、すみれ色という語があるように多くの菫《すみれ》は紫色《むらさきいろ》の花をつける。可憐《かれん》という言葉がぴったりくるかわいらしさで、昔から日本人に親しまれ、*『万葉集《まんようしゅう》』にも詠《よ》まれている。

「すみれ」という名は、五枚《まい》ある花びらのいちばん下の部分が袋状《ふくろじょう》になっており、この形が大工《だいく》が使う「墨入《すみい》れ」の形に似ているので「すみいれ」から「すみれ」になったともいわれている。

墨入《すみい》れ

山路《やまじ》来《き》て何《なに》やらゆかし*すみれ草《ぐさ》　松尾《まつお》　芭蕉《ばしょう》

菫程《すみれほど》な小《ちい》さき人《ひと》に生《う》まれたし　夏目《なつめ》　漱石《そうせき》

菫越《すみれこ》して小《ちい》さき風《かぜ》や渡《わた》りけり　篠原《しのはら》　温亭《おんてい》

かたまつ《(つ)》て薄《うす》き光《ひかり》の菫《すみれ》かな　渡辺《わたなべ》　水巴《すいは》

うすぐもり都《みやこ》のすみれ咲《さ》きにけり　室生《むろう》　犀星《さいせい》

すみれ束解《たばと》くや*光陰《こういん》こぼれ落《お》つ　鍵和田《かぎわだ》　秞子《ゆうこ》

つり橋《ばし》がゆれすみれゆれだれか来《く》る　金田《かなだ》　咲子《さきこ》

おほ《(お)》ぞらのにごりてきたる菫《すみれ》かな　中田《なかた》　剛《ごう》

*『万葉集《まんようしゅう》』＝奈良《なら》時代後期に成立したわが国最古の歌集。
*ゆかし＝なつかしく心がひかれる。　*光陰《こういん》＝月日。歳月《さいげつ》。

立壺《たちつぼ》すみれ

壺《つぼ》すみれ

深山《みやま》すみれ

丸葉《まるば》すみれ

蒲公英の絮《たんぽぽのわた》　白い綿毛《わたげ》は風に吹《ふ》かれて飛んでいく。

蒲公英《たんぽぽ》　暖《あたた》かな春の日ざしをうけて咲《さ》く蒲公英《たんぽぽ》の花《はな》。

蒲公英《たんぽぽ》

蒲公英《たんぽぽ》の絮《わた》・鼓草《つづみぐさ》

解説　**蒲公英**《たんぽぽ》はキク科の多年草である。上から見た花の形が鼓《つづみ》に似《に》ているので**鼓草**《つづみぐさ》ともいい、鼓の音の連想から、たんぽぽの名が生まれたという。

蒲公英《たんぽぽ》は大きく二つに分けられる。蝦夷《えぞ》たんぽぽ、関東たんぽぽ、関西たんぽぽ、白花《しろばな》たんぽぽなど、日本在来《ざいらい》の日本たんぽぽと、明治《めいじ》時代の初めに野菜として輸入《ゆにゅう》された西洋たんぽぽである。

蒲公英《たんぽぽ》の根は、解熱《げねつ》、発汗《はっかん》、胃を丈夫《じょうぶ》にする効《こう》果《か》があるとされ、漢方薬として用いられている。また、やわらかい葉は、ゆでて和《あ》え物《もの》やおひたしなどにして食べられる。

花びらが落ちると種子は白い冠毛《かんもう》をつけ、やがて風に乗って空に舞《ま》う。これを**蒲公英の絮**《たんぽぽのわた》というが、ふんわりと流れてゆく蒲公英《たんぽぽ》の絮《わた》は、それだけで春の風物詩という趣《おもむき》がある。

たんぽぽや日《ひ》はいつまでも大空《おおぞら》に　中村《なかむら》汀女《ていじょ》

たんぽぽと小声《こごえ》で言《い》ひ《(い)》てみて一人《ひとり》　星野《ほしの》立子《たつこ》

蒲公英《たんぽぽ》の絮《わた》急《いそ》がねど行方《ゆくえ》あり　殿村《とのむら》菟絲子《としこ》

蒲公英《たんぽぽ》の絮《わた》吹《ふ》いてすぐ仲好《なかよ》しに　堀口《ほりぐち》星眠《せいみん》

たんぽぽや縄一本《なわいっぽん》の通《とお》せんぼ　赤松《あかまつ》蕙子《けいこ》

たんぽぽや縄文人《じょうもんじん》の柱穴《*はしらあな》　落合《おちあい》水尾《すいび》

＊柱穴《はしらあな》＝縄文人《じょうもんじん》が竪穴住居《たてあなじゅうきょ》を建てるために掘《ほ》った穴《あな》。

俳句豆知識　日本たんぽぽと西洋たんぽぽ

蒲公英《たんぽぽ》は、野山だけでなく、大都会の自動車が行きかう道路わきや公園などにも咲《さ》いている。ただし、町で見られる蒲公英《たんぽぽ》はほとんどが西洋たんぽぽで、古くから日本に自生している在来種《ざいらいしゅ》の日本たんぽぽは、都市化が進むにつれて数が減《へ》り、今では自然の豊《ゆた》かな地域《ちいき》でしか見られない。

西洋たんぽぽは在来種《ざいらいしゅ》とちがって、花の下側の総苞《そうほう》という部分が外側にそり返っているので、すぐに区別できる。

西洋たんぽぽ(上)。黄色い花の下の総苞《そうほう》が外側に大きくそり返っている。

日本たんぽぽの仲間（右）。白花《しろばな》たんぽぽ（右上）と関東たんぽぽ（右下）。

蓬《よもぎ》　春の若葉《わかば》を摘《つ》んで、草餅《くさもち》が作られる。

摘草《つみくさ》　春の野で草を摘《つ》む親子。

摘草《つみくさ》

草摘《くさつ》む

解説　春の野に出て、のどかな光を浴びながら若《わか》草《くさ》を摘《つ》むこと。摘《つ》んだ草は食用や薬草とした。実用と行楽《こうらく》をかねた、日本の伝統的《でんとうてき》な習慣《しゅうかん》である。さまざまな草が摘《つ》まれたが、蓬《よもぎ》、芹《せり》、嫁菜《よめな》、野蒜《のびる》、土筆《つくし》などがとくに好まれ、現在《げんざい》も摘《つ》まれている。

＊『万葉集《まんようしゅう》』の筆頭の歌は雄略天皇《ゆうりゃくてんのう》の「籠《こ》もよ、み籠《こ》持ち、掘串《ふくし》もよ、み掘串《ぶくし》持ち、この岳《おか》に、菜摘《なつ》ます児《こ》、家聞《いえき》かな、名告《なの》らせね……」の歌である。これは、籠《かご》と草を掘《ほ》る串《くし》（竹べら）をもった美しい少女に呼《よ》びかける恋《こい》の歌である。

摘草《つみくさ》は、自然の恵《めぐ》みを喜びとする日本人の心豊《こころゆた》かな行為《こうい》の一つである。

摘草《つみくさ》や橋《はし》なき土手《どて》を何処《どこ》までも　篠原《しのはら》温亭《おんてい》

摘草《つみくさ》の二人離《ふたりはな》れてしづ(ず)かなる　西村白雲郷《にしむらはくうんきょう》

摘草《つみくさ》の人《ひと》また立《た》ちて歩《ある》きけり　高野《たかの》素十《すじゅう》

草摘《くさつ》むとかがめば光《ひか》る川面《かわも》あり　村田《むらた》脩《おさむ》

草摘《くさつみ》の大《おお》きすぎたる袋《ふくろ》かな　小野《おの》淳子《あつこ》

摘草《つみくさ》の母子《ははこ》手《て》を止《と》め電車《でんしゃ》見る　根岸《ねぎし》浩一《こういち》

＊『万葉集《まんようしゅう》』＝奈良《なら》時代後期に成立したわが国最古の歌集。

蓬《よもぎ》

餅草《もちぐさ》・艾《もぐさ》・蓬摘《よもぎつ》む

解説　**蓬《よもぎ》**は、キク科の多年草で、川原、丘陵《きゅうりょう》、山野などいたるところに見られる。

蓬《よもぎ》は古来より日本人に親しまれてきた。人々は春、野原に出て、萌《も》え出《で》たばかりの若《わか》い蓬《よもぎ》の葉を摘《つ》み、軽くゆがいて餅《もち》につきこむ。すると若草色《わかくさいろ》の草餅《くさもち》ができる。そこから蓬《よもぎ》は**餅草《もちぐさ》**とも呼《よ》ばれる。人々は、その緑の色と蓬《よもぎ》の香《かお》りに春を感じるのである。

蓬《よもぎ》は生長すると一メートルほどになる。その葉を乾《かわ》かし、葉の裏《うら》の白い綿毛《わたげ》を集めたものが灸《きゅう》に使われる**艾《もぐさ》**で、神経痛《しんけいつう》や肩《かた》こりなどを治《なお》すために使われている。

蓬摘一人《よもぎつみひとり》は遠《とお》く水《みず》に沿《そ》ひ(い)　田中《たなか》王城《おうじょう》

風《かぜ》吹《ふ》いて持《も》つ手《て》にあまる蓬《よもぎ》かな　水原秋櫻子《みずはらしゅうおうし》

烈風《れっぷう》を身《み》にひびかせて蓬摘《よもぎつ》む　加藤《かとう》かけい

押《おさ》へ(え)てもふくるる籠《かご》の蓬《よもぎ》かな　下田《しもだ》実花《じっか》

蓬摘《よもぎつ》む＊一円光《いちえんこう》のなかにゐ(い)て　桂《かつら》信子《のぶこ》

携帯電話《けいたいでんわ》蓬《よもぎ》の籠《かご》の中《なか》にある　小原《おばら》啄葉《たくよう》

＊一円光《いちえんこう》＝一つの円光《えんこう》。円光《えんこう》は、仏《ほとけ》の頭上から放たれる円形の光、後光《ごこう》のこと。

薺《なずな》の花《はな》　白い花と逆《ぎゃく》三角形の実。

蘩蔞《はこべ》　葉の先に、白い小さな花が咲《さ》く。

芹《せり》　水辺に自生する芹《せり》。

薺《なずな》の花《はな》

花薺《はななずな》・三味線草《しゃみせんぐさ》・ぺんぺん草《ぐさ》

解説　薺《なず》は、道《みち》ばた、田の畦《あぜ》、空き地など、どこにでも見られるアブラナ科の二年草。**春《はる》の七草《ななくさ》**（新年巻27ページ参照）の一つでもある。

三、四月ごろ、小さな十字形の白い花をつけ、逆《ぎゃく》三角形の平たい実を結ぶ。この形が三味線《しゃみせん》のばちに似《に》ているところから、**三味線草《しゃみせんぐさ》**、**ぺんぺん草《ぐさ》**ともいわれる。

よくみれば薺花《なずなはな》さく垣《かき》ねかな　松尾《まつお》　芭蕉《ばしょう》
猫《ねこ》のゐ（い）てぺんぺん草《ぐさ》を食《は》みにけり　村上《むらかみ》　鬼城《きじょう》
黒髪《くろかみ》に挿《さ》すはしや（ゃ）みせんぐさの花《はな》　横山《よこやま》　白虹《はっこう》
一人旅《ひとりたび》ぺんぺん草《ぐさ》を鳴《な》らしけり　鈴木《すずき》　鳴風《めいふう》

蘩蔞《はこべ》

はこべら・あさしらげ

解説　ナデシコ科に属《ぞく》する二年草。野原や畑など、どこにでも見られ、春さきから白い小さな花をつける。**はこべら**、**あさしらげ**など地方によってさまざまな呼《よ》び名《な》がある。

春《はる》の七草《ななくさ》（新年巻27ページ参照）の一つに数えられ、正月に粥《かゆ》に入れて食べられる。また、小鳥などのえさとしても使われる。

はこべらや＊焦土《しょうど》のいろの雀《すずめ》ども　石田《いしだ》　波郷《はきょう》
はこべらに物干《ものほ》す影《かげ》の吹《ふ》かれ飛《と》び　野澤《のざわ》　節子《せつこ》
足《あし》もとにありししあわせ花《はな》はこべ　北《きた》　さとり
はこべらや戦禍《せんか》を経《へ》たる仏《ほとけ》たち　五十嵐《いがらし》　柳策《りゅうさく》

＊焦土《しょうど》＝戦火などで黒こげになってしまった土。

芹《せり》

芹摘《せりつみ》・田芹《たぜり》

解説　水田や湿地《しっち》に自生するセリ科の多年草で、むらがってはえる。茎《くき》、葉ともに独特《どくとく》の香《かお》りがあり、その若葉《わかば》や若《わか》い根茎《こんけい》を摘《つ》んで食用とする。

春《はる》の七草《ななくさ》（新年巻27ページ参照）のいちばん初めに数えられる植物で、**芹摘《せりつみ》**は人々の喜びの一つであった。**芹《せり》**は、昔からおひたし、和《あ》え物《もの》などに利用されてきた。栄養価《えいようか》が高い。

芹《せり》の香《か》や摘《つ》みあらしたる道《みち》の泥《どろ》　炭《たん》　太祇《たいぎ》
芹《せり》の水《みず》つめたからむ（ん）と手《て》をひたす　篠田悌二郎《しのだていじろう》
芹《せり》の水《みず》にごりしままに流《なが》れけり　星野《ほしの》　立子《たつこ》
子《こ》に跳《と》べて母《はは》には跳《と》べぬ芹《せり》の水《みず》　森田《もりた》　峠《とうげ》

春《はる》の草《くさ》　朝日を浴びて輝《かがや》く春の草。

若《わか》草《くさ》

春《はる》の草《くさ》・春草《しゅんそう》・芳草《ほうそう》

解説

春を告げるものは木々の芽吹《めぶ》きや、美しい花ばかりではない。名も知らないような野の草も、若々《わかわか》しく緑を増《ま》す。みずみずしく生き生きとして、生命力にあふれている。これを**若草《わかくさ》**、または**春《はる》の草《くさ》**という。山野をおおった若草《わかくさ》は、このうえなく春の美しさを演出《えんしゅつ》してくれる。

春《はる》の草《くさ》には、どれをかいでも若々《わかわか》しい匂《にお》いがある。**芳草《ほうそう》**という季語もこの匂《にお》いから生まれたが、それは春《はる》の草《くさ》の生命の喜びが香《かお》りになったものである。

春の若草《わかくさ》におおわれる光景を見るとき、日本の風土のもつ豊《ゆた》かさ、美しさが実感できる。

我《われ》帰《かえ》る道《みち》いく筋《すじ》ぞ春《はる》の草《くさ》　与《よ》謝《さ》 蕪《ぶ》村《そん》

*丹《たん》波《ば》路《じ》のここらの草《くさ》の芳《かんば》しき　高《たか》野《の》 素《す》十《じゅう》

春《しゅん》草《そう》は足《あし》の短《みじか》き犬《いぬ》に萌《も》ゆ　中《なか》村《むら》草《くさ》田《た》男《お》

十《じっ》歩《ぽ》踏《ふ》めば十《じっ》歩《ぽ》の草《くさ》の芳《かんば》しく　鈴《すず》木《き》真《ま》砂《さ》女《じょ》

春《しゅん》草《そう》や光《ひか》りふくるる鳩《はと》の胸《むね》　松《まつ》本《もと》たかし

若《わか》草《くさ》に置《お》かれてくもる管《かん》楽《がっ》器《き》　小《こ》島《じま》 健《けん》

＊丹波《たんば》＝京都府と兵庫《ひょうご》県の一部を含《ふく》む昔の国名。

若布《わかめ》　採《と》ってきた若布《わかめ》を砂浜《すなはま》に干《ほ》す若布干《わかめぼ》し。（徳島《とくしま》県鳴門《なると》市）

若《わか》布《め》

若布刈《わかめかり》・若布刈舟《めかりぶね》・若布干《わかめほ》す

解説

若布《わかめ》は、北海道をのぞく、日本沿岸特産《えんがんとくさん》のコンブ科の海藻《かいそう》。産地と時期によって外形はかなりちがう。とくに三陸《さんりく》海岸の三陸若布《さんりくわかめ》、四国の鳴《なる》門《と》若布《わかめ》は有名である。

若布《わかめ》の刈《か》り取《と》り（**若布刈《わかめかり》**）は三月初めから五月末ぐらいまでが盛《さか》んで、**若布《め》刈舟《かりぶね》**に乗り、竹竿《たけざお》の先に鎌《かま》をつけたもので刈《か》り取《と》る。生でも食べるが、干《ほ》した若布《わかめ》は保存《ほぞん》がきき、みそ汁《しる》の具や酢《す》の物《もの》の材料として重宝《ちょうほう》されている。

おいしく栄養も豊《ゆた》かであり、日本人の重要な食品である。日本では千年以上も前から食べられ、納税《のうぜい》の品の一つでもあった。

*みちのくの*淋《さび》代《しろ》の浜《はま》若《わか》布《め》寄《よ》す　山《やま》口《ぐち》 青《せい》邨《そん》

西《にし》の旅《たび》朝《あさ》な朝《あさ》なの新《しん》若《わか》布《め》　阿《あ》波《わ》野《の》青《せい》畝《ほ》

大《おお》きくて軽《かる》き荷《に》が着《つ》く新《しん》若《わか》布《め》　山《やま》口《ぐち》波《は》津《つ》女《じょ》

若《わか》布《め》干《ほ》す幾《いく》重《え》の奥《おく》に家《いえ》小《ち》さし　殿《との》村《むら》菟《と》絲《し》子《こ》

若布《め》刈《かり》舟《ぶね》波《なみ》が育《そだ》てるもの*あまた　手《て》塚《づか》 美《み》佐《さ》

若《わか》布《め》干《ほ》す怒《ど》濤《とう》に負《ま》けぬ笑ひ声《わら(い)ごえ》　甲《か》斐《い》 遊《ゆう》糸《し》

＊みちのく＝東北地方のこと。

＊淋代《さびしろ》の浜《はま》＝青森県三沢《みさわ》市東部の砂浜《すなはま》海岸。

＊あまた＝たくさん。

第二章

初《しょ》春《しゅん》の季語

二月ごろ

「初春《しょしゅん》」の章に収録《しゅうろく》された季語は、おもに二月ごろに使われるものである。

睦月《むつき》　仲睦《なかむつ》まじく紅梅《こうばい》の枝《えだ》に止まった２羽《わ》の雀《すずめ》。

二月《にがつ》　梅《うめ》の花《はな》が咲《さ》き、やわらかな早春の日ざしにつつまれた里山。

二月《にがつ》

解説　**二月**《にがつ》は、月の初めに立春《りっしゅん》があるが、北からの季節風も強く、まだ一月と同じようにかなり寒い。この時期を表す言葉として、**早春**《そうしゅん》、**春浅し**《はるあさし》(52ページ参照)という季語がある。
ただ、少しずつ日が長くなり、どことなく春の気配がただよい始めるころである。そして、月末になると、鶯《うぐいす》の初音《はつね》も聞かれるようになる。

木《こ》の間《ま》出《で》る人《ひと》に二月《にがつ》の光《ひかり》かな　高浜《たかはま》虚子《きょし》
波《なみ》を追《お》ふ《(う)》波《なみ》いそがしき二月《にがつ》かな　久保田万太郎《くぼたまんたろう》
おもふ《(う)》ことみなまし*ぐらに二月来《にがつき》ぬ　三橋《みつはし》鷹女《たかじょ》
蕾《つぼみ》より大《おお》きな雫梅《しずくうめ》二月《にがつ》　倉田《くらた》紘文《こうぶん》

＊ましぐらに＝まっしぐらに。

睦月《むつき》

むつみ月《づき》・太郎月《たろうづき》

解説　旧暦《きゅうれき》一月の異称《いしょう》で、**むつみ月**《づき》ともいった。現在《げんざい》の、立春《りっしゅん》のころから三月初めごろまでで、ほぼ新暦《しんれき》の二月にあたる。
睦月《むつき》、**むつみ月**《づき》は、「一家中が睦《むつ》ぶ(仲良くする)月」の意味といわれる。**太郎月**《たろうづき》は、長男、次男を意味する太郎、次郎の太郎からきた名で、最初の月という意味である。

*神《かみ》の磴《とう》睦月《むつき》の蝶《ちょう》を遊《あそ》ばしむ　富安《とみやす》風生《ふうせい》
滝《たき》の水二股《みずふたまた》になり睦月《むつき》かな　宗田《そうだ》安正《やすまさ》
*地鳴鳥遊《じなきどりあそ》べる山《やま》の睦月《むつき》かな　鈴木《すずき》しげを
睦月富士翼《むつきふじつばさ》のごとき雲《くも》もてり　山吉《やまよし》空果《くうか》

＊神《かみ》の磴《とう》＝神社の石段《いしだん》。
＊地鳴鳥《じなきどり》＝繁殖期《はんしょくき》以外の単純《たんじゅん》な鳴き方をする鳥。

旧正月《きゅうしょうがつ》

旧正《きゅうしょう》

解説　現在《げんざい》は太陽を基準《きじゅん》にした太陽暦《たいようれき》(新暦《しんれき》)だが、明治《めいじ》時代初めまでは月の運行を基準《きじゅん》にした太《たい》陰暦《いんれき》(旧暦《きゅうれき》)であった。この旧暦《きゅうれき》で行う正月が**旧**《きゅう》**正月**《しょうがつ》である。略《りゃく》して**旧正**《きゅうしょう》ともいう。
潮《しお》の干満《かんまん》を考える漁業や、農作業には旧暦《きゅうれき》が便利な面もあり、現在《げんざい》でも旧正月《きゅうしょうがつ》を祝うところもある。また、一か月遅《おく》れで正月を祝うところもある。

隣《となり》より旧正月《きゅうしょうがつ》の餅《もち》*くれぬ　石橋《いしばし》秀野《ひでの》
桑畑《くわばた》も旧正月《きゅうしょうがつ》もなくなりし　岸《きし》霜蔭《そういん》
旧正《きゅうしょう》や旅《たび》をうながす南《みなみ》の星《ほし》　大野《おおの》林火《りんか》
旧正《きゅうしょう》の雪《ゆき》を加《くわ》ふ《(う)》る山《やま》ばかり　大峯《おおみね》あきら

＊餅《もち》くれぬ＝餅《もち》をくれた。

寒明《かんあけ》　日ざしにも春らしい暖《あたた》かさが感じられる。

立春《りっしゅん》　雪のとけた地面から、蕗《ふき》の薹《とう》が春の到来《とうらい》を告げるように顔を出した。

立春《りっしゅん》

春《はる》立《た》つ・春《はる》来《く》る

解説　一年を二十四節気《せっき》（4ページ参照）に分けたもののうちの一つで、春最初の節《せつ》である。

現行《げんこう》の新暦《しんれき》では二月四日ごろ、節分《せつぶん》の翌日《よくじつ》にあたる。暦《こよみ》のうえでは、この日から春になる。旧暦《きゅうれき》では、元旦《がんたん》が立春《りっしゅん》のころになる。

日本は南北に長いため、北と南とでは季節感に大きなちがいがあるが、ほとんどの地域《ちいき》は、立春《りっしゅん》とはいっても実際《じっさい》にはまだ寒く、春は遠い感じがする。

しかし、**立春**《りっしゅん》という言葉の中に人々は春を感じ、期待に胸《むね》をふくらませた。そのような感動が、**春**《はる》**立**《た》**つ**、**春**《はる》**来**《く》**る**という言葉を生んだ。

ちぐはぐの下駄《げた》から春《はる》は立《た》ちにけり　小林《こばやし》一茶《いっさ》

さざ波《なみ》は立春《りっしゅん》の譜《ふ》をひろげたり　渡辺《わたなべ》水巴《すいは》

立春《りっしゅん》の米《こめ》こぼれをり（お）葛西橋《＊かさいばし》　石田《いしだ》波郷《はきょう》

立春《りっしゅん》の海《うみ》よりの風海《かぜうみ》見《み》えず　桂《かつら》信子《のぶこ》

春来《はるき》たる下手《へた》な口笛《くちぶえ》吹《ふ》かんとす　高柳《たかやなぎ》重信《しげのぶ》

さざなみのごとく春来《はるく》る雑木山《ぞうきやま》　青柳志解樹《あおやぎしげき》

＊葛西橋《かさいばし》＝東京都江東区《こうとうく》の荒川《あらかわ》放水路にかかる橋。

寒明《かんあけ》

寒明《かんあ》ける・寒《かん》の明《あけ》

解説　二十四節気《せっき》の小寒《しょうかん》（一月五日ころ）から大《だい》寒《かん》（一月二十日ころ）を経《へ》て、節分《せつぶん》（立春《りっしゅん》の前日、二月三日ころ）までの一年で寒さのもっともきびしい時期を**寒**《かん》（冬巻67ページ参照）といい、それが終わることを**寒明**《かんあけ》という。つまり、**寒明**《かんあけ》は立春《りっしゅん》（二月四日ごろ）と同じ日にあたる。

しかし、同じ日ではあるが、**立春**《りっしゅん》にはこの日から春を迎《むか》えるという期待感が、**寒明**《かんあけ》のほうには寒く長い冬から解放《かいほう》されたという安心感がこめられている。

寒明《かんあけ》、**寒明**《かんあ》**ける**、**寒**《かん》**の明**《あけ》は、きびしい寒さとの別れの喜びから生まれた季語である。

寒明《かんあけ》や野山《のやま》の色《いろ》の自《おのずか》ラ（ら）　青木《あおき》月斗《げっと》

川波《かわなみ》の手《て》がひらひらと寒明《かんあ》くる　飯田《いいだ》蛇笏《だこつ》

よき日和《ひより》つづきてすらり寒明《かんあ》くる　及川《おいかわ》貞《てい》

或《あ》る家《いえ》で猫《ねこ》に慕《した（わ）》はれ寒明《かんあ》くる　秋元《あきもと》不死男《ふじお》

寒明《かんあ》けや雨《あめ》が濡《ぬ》らせる小松原《こまつばら》　安住《あずみ》敦《あつし》

寒明《かんあ》けの波止場《はとば》に磨《みが》く旅《たび》の靴《くつ》　澤木《さわき》欣一《きんいち》

冴返る《さえかえ》　寒さがもどり、うっすらと雪におおわれた林。

春淡し《はるあわ》　冬枯《ふゆが》れの木々が少しずつ芽吹《めぶ》き始めた、早春の山。

早春《そうしゅん》

春淡し《はるあわ》・春早し《はるはや》

解説　立春《りっしゅん》後、二月いっぱいくらいがほぼ**早春**《そうしゅん》にあたる。このころは、暦《こよみ》のうえでは春ということになっているが、山々には雪があり、寒さも感じる。しかしどこか冬とはちがう。

一見枯れ枝《えだ》のように見える木々にも、生命力が感じられる。やわらかな日ざしなどからも、春が近づいてきているのが感じられる。

春浅し《はるあさ》

浅《あさ》き春《はる》・浅春《せんしゅん》

解説　**早春**《そうしゅん》とだいたい同じ時期をさすが、**春浅し**《はるあさ》には「まだ春が浅い」「もう春なのに」といった詠《よ》み手《て》の感情《かんじょう》が強くこめられる。

もう春なのに時折雪も降《ふ》るし、冷たい風が吹《ふ》くときもある。木の芽も伸《の》びない。まだ春の景色が整わないことへのもどかしさを感じさせる言葉である。

冴返る《さえかえ》

凍返る《いてかえ》・寒《かん》もどり

解説　立春《りっしゅん》が過《す》ぎ、そろそろ暖《あたた》かくなりかけたと思ったものの、また寒さがもどって来る日がある。それを**冴返る**《さえかえ》という。暖《あたた》かさに慣《な》れた心身には少しこたえるが、ゆるんだ気持ちが引きしまるものである。同じ寒さのもどりではあるが、いったんゆるんだ地上の凍《い》てがもどるのを**凍返る**《いてかえ》という。

＊冴《さ》ゆ、凍《い》つは冬巻10ページを参照。

早春《そうしゅん》の庭《にわ》をめぐりて門《もん》を出《い》でず　高浜《たかはま》 虚子《きょし》

早春《そうしゅん》の入日《いりひ》林中《りんちゅう》の笹《ささ》を染《そ》む　水原秋櫻子《みずはらしゅうおうし》

早春《そうしゅん》や*鶺鴒《せきれい》きたる林檎園《りんごえん》　芝《しば》 不器男《ふきお》

早春《そうしゅん》や道《みち》の左右《さゆう》に潮満《しおみ》ちて　石田《いしだ》 波郷《はきょう》

＊鶺鴒《せきれい》＝鳥の一種。

春浅《はるあさ》き水《みず》を渉《わた》るや鷺《さぎ》一《ひと》つ　河東碧梧桐《かわひがしへきごとう》

春浅《はるあさ》き麒麟《きりん》の空《そら》の飛行雲《ひこうぐも》　三好《みよし》 達治《たつじ》

春浅《はるあさ》き木立《こだち》の上《うえ》の空《そら》のいろ　柴田白葉女《しばたはくようじょ》

春浅《はるあさ》し寄《よ》せくる波《なみ》も貝《かい》がらも　川崎《かわさき》 展宏《てんこう》

冴返《さえかえ》る中《なか》なり灯《とも》りそめにけり　久保田万太郎《くぼたまんたろう》

物置《ものお》けばすぐ影添《かげそ》ひ(い)て冴返《さえかえ》る　大野《おおの》 林火《りんか》

冴《さ》え返《かえ》るもののひとつに夜《よる》の鼻《はな》　加藤《かとう》 楸邨《しゅうそん》

寒戻《かんもど》る寒《かん》にとどめをさすごとく　鷹羽《たかは》 狩行《しゅぎょう》

余寒《よかん》　春を告げる猫柳《ねこやなぎ》の花が咲《さ》いても、まだ寒い日は続く。

薄氷《うすらい》　川にうすく張《は》った氷。静かに流れていくものもある。

薄氷《うすらい》

薄氷《うすごおり》・春《はる》の氷《こおり》

解説

薄氷《うすらい》とは、春さきに寒さがもどって、ごくうすく張《は》る氷をいう。また、とけ残ったうすい氷のこともさす。

春《はる》**の氷**《こおり》は、**春**《はる》**の雪**《ゆき》（17ページ参照）と同じように淡《あわ》く、どこかはかない。厚《あつ》く重なることはなく、しばらくすると日にとけてしまう。

そんなはかない春の氷は、だからこそ美しく人の心を魅了《みりょう》する。

早朝、水面に一面に張《は》った氷も昼ごろにはいくつものうすい断片《だんぺん》に別《わか》れ、静かに流れてゆく。その**薄氷**《うすらい》の姿《すがた》は、寒さのきびしい冬には見られなかったものである。

せりせりと薄氷杖《うすらいつえ》のなすままに　山口《やまぐち》誓子《せいし》

薄氷《うすらい》の岸《きし》を離《はな》るる光《ひかり》かな　皆川《みながわ》盤水《ばんすい》

＊三十番札所《さんじゅうばんふだしょ》の春《はる》の氷《こおり》かな　岸田《きしだ》稚魚《ちぎょ》

薄氷《うすらい》をさらさらと風走《かぜはし》るかな　草間《くさま》時彦《ときひこ》

薄氷《うすらい》の吹《ふ》かれて端《はし》の重《かさ》なれる　深見《ふかみ》けん二《じ》

薄氷《うすごおり》そつ（っ）くり持《も》つ（っ）て行《ゆ》く子《こ》かな　千葉《ちば》皓史《こうし》

＊三十番札所《さんじゅうばんふだしょ》＝遍路《へんろ》が回る札所《ふだしょ》のうち、三十番とされた札所《ふだしょ》。

余寒《よかん》

残《のこ》る寒《さむ》さ・春寒《はるさむ》・春《はる》の寒《さむ》さ・春寒《はるさむ》し・寒《さむ》き春《はる》

解説

余寒《よかん》とは、＊寒《かん》が明けてからも寒さが残っていることをいう。

暦《こよみ》のうえで立春《りっしゅん》になり、寒《かん》が明けてもすぐ暖《あたた》かくなるわけではない。自然の季節はゆるやかに、しかし確実《かくじつ》に移《うつ》ろってゆくものである。立春《りっしゅん》以後の寒さを寒《かん》の名残《なごり》と感じるときも、**春**《はる》**の寒**《さむ》**さ**と感じるときもある。

春寒《はるさむ》、**春寒**《はるさむ》**し**、**寒**《さむ》**き春**《はる》には春なのにまだ寒いという春を意識した心情《しんじょう》があるのに対し、**余寒**《よかん》、**残**《のこ》**る寒**《さむ》**さ**には、寒《かん》が明けてもまだ寒さが残っているというきびしい寒さへの心情《しんじょう》があり、微妙《びみょう》な語感のちがいがある。

＊寒明《かんあけ》は51ページを参照。

＊関守《せきもり》の火鉢《ひばち》小《ちい》さき余寒《よかん》かな　与謝《よさ》蕪村《ぶそん》

橋一《はしひと》つ越《こ》す間《ま》を春《はる》の寒《さむ》さかな　夏目《なつめ》成美《せいび》

春寒《はるさむ》し水田《みずた》の上《うえ》の根《ね》なし雲《ぐも》　河東碧梧桐《かわひがしへきごとう》

鎌倉《かまくら》を驚《おどろ》かしたる余寒《よかん》あり　高浜《たかはま》虚子《きょし》

薄雲《うすぐも》の風《かぜ》に消《き》えゆく余寒《よかん》かな　小沢《おざわ》碧童《へきどう》

下段《げだん》より父《ちち》の蔵書《ぞうしょ》を抜《ぬ》く余寒《よかん》　蓬田紀枝子《よもぎたきえこ》

＊関守《せきもり》＝関所の番人。

針供養《はりくよう》　折れた針《はり》や古い針《はり》を豆腐《とうふ》に刺《さ》して供養《くよう》する。（東京都台東区《たいとう》・淡島堂《あわしまどう》）

初午《はつうま》　東京都北区《きた》王子稲荷《おうじいなり》神社の初午《はつうま》は、火防《ひぶせ》の凧市《たこいち》と呼《よ》ばれ、火防《ひぶせ》の凧《たこ》が売られる。

初午《はつうま》

午祭《うままつり》・一《いち》の午《うま》

解説　**初午《はつうま》**とは、二月最初の午《うま》の日《ひ》に、全国各地の稲荷《いなり》神社や稲荷《いなり》の祠《ほこら》*で行われる祭礼。

初午《はつうま》の日、稲荷《いなり》神社には赤い幟《のぼり》が立ち、神楽《かぐら》が奉納《ほうのう》され、参詣《さんけい》の人でにぎわう。初午《はつうま》の稲荷詣《いなりもうで》は平安《へいあん》時代にはじまる古い信仰《しんこう》で、もともとは、春の農作業を始める前の豊作祈願《ほうさくきがん》の祭りであったという。

はつ午《うま》や煮《に》しめてうまき焼豆腐《やきどうふ》　久保田万太郎《くぼたまんたろう》

初午《はつうま》の祠《ほこら》*ともり*ぬ雨《あめ》の中《なか》　芥川龍之介《あくたがわりゅうのすけ》

初午《はつうま》の遥《はる》かに寒《さむ》き雲《くも》ばかり　百合山羽公《ゆりやまうこう》

初午《はつうま》やどの道《みち》ゆくもぬかるみて　檜《ひのき》紀代《きよ》

＊祠《ほこら》＝神をまつる小さなやしろ。
＊ともりぬ＝明かりがともった。

針供養《はりくよう》

針祭《はりまつり》・針納《はりおさめ》

解説　**針供養《はりくよう》**は裁縫《さいほう》で使う針《はり》を休ませて、折れた針《はり》を各地の淡島《あわしま》神社で供養《くよう》する日で、**針祭《はりまつり》**、**針納《はりおさめ》**ともいわれる。関東では二月八日、関西では十二月八日に行われるが、俳句《はいく》では春の季語になっている。今は既製《きせい》の衣服を買う人が多いが、昔、針《はり》仕事《しごと》は重要な家事であった。一年間に折れた針《はり》を神社に奉納《ほうのう》して、裁縫《さいほう》の上達を願う行事でもある。

針納《はりおさ》めちらつく雪《ゆき》に詣《もう》でけり　高橋淡路女《たかはしあわじじょ》

針供養女人《はりくようにょにん》は祈《いの》ること多《おお》し　上野《うえの》泰《やすし》

針《はり》といふ光《（う）ひかり》ひしめき針供養《はりくよう》　行方《なめかた》克巳《かつみ》

紅《あか》き糸通《いとどお》せしままに針供養《はりくよう》　田口《たぐち》紅子《べにこ》

バレンタインの日《ひ》

バレンタインデー

解説　ローマの聖《せい》バレンタインが殉教《じゅんきょう》した二月十四日を「愛の日」と定めたもの。

日本では、この日に女性《じょせい》から男性《だんせい》にチョコレートを贈《おく》って愛の告白ができるという習慣《しゅうかん》がある。しかし、この習慣《しゅうかん》は日本だけのもので、欧米《おうべい》では恋人《こいびと》同士や夫婦の間でプレゼントやカードの交換《こうかん》が行われる。

はばからずバレンタインの贈《おく》りもの　中村《なかむら》芳子《よしこ》

駆《か》け去《さ》れりバレンタインの日《ひ》と囁《ささや》き　小池《こいけ》文子《ふみこ》

バレンタインデー片割《かたわ》れの貝《かい》ばかり　辻田《つじた》克巳《かつみ》

バレンタインデー心《こころ》に鍵《かぎ》の穴《あな》ひとつ　上田日差子《うえだひざし》

畦《あぜ》焼《や》く　田の畦《あぜ》を焼く作業は、早春《そうしゅん》の大切な仕事である。

野焼《のやき》　風のない穏《おだ》やかな日に行われる野焼き。あたりには、その煙《けむり》がたちこめる。

野《の》焼《やき》

野《の》火《び》・野《の》焼《や》く・草《くさ》焼《や》く・焼《やけ》野《の》

解説　**野焼《のやき》**とは早春の風のない晴れた日に草原や土手などに火を放って、冬枯《ふゆが》れの草を焼《や》き払《はら》うこと。一年の農事の最初の作業として、昔から行われている。

焼跡《やけあと》は黒くなるが灰《はい》が肥料《ひりょう》となり、やがて力のある新芽が出てくる。また、害虫を駆除《くじょ》するのにも役立つ。**野火《のび》**は、野焼きの火のこと。

野《の》を焼《や》くやぽつんぽつんと雨到《あめいた》る　村上《むらかみ》　鬼城《きじょう》

古《ふる》き世《よ》の火《ひ》の色《いろ》うごく野焼《のやき》かな　飯田《いいだ》　蛇笏《だこつ》

草《くさ》を焼《や》く*ほむらのうしろ*利根《とね》ながる　篠田悌二郎《しのだていじろう》

野《の》を焼《や》いて茶畑《ちゃばたけ》までの煙《けむり》かな　斎藤《さいとう》　夏風《かふう》

*ほむら＝ほのお。
*利根《とね》＝利根川《とねがわ》。関東平野を流れる大河《たいが》。

山《やま》焼《やき》

山《やま》火《び》

解説　**山焼《やまやき》**は早春の風のない晴れた日に、野山の枯《か》れた草木を焼《や》き払《はら》うこと。害虫を駆除《くじょ》し、山菜類の発育をうながすためのものである。枯《か》れ木《き》や枯《か》れ草《くさ》を焼いた灰《はい》は、青草のための肥料《ひりょう》にもなる。

耕地《こうち》の少ない山村では、畑地をつくるために山の斜面《しゃめん》を焼くところもある。これを焼畑《やきばた》と呼《よ》んでいる。

山焼《やまやき》の明《あか》りに下《くだ》る夜舟《よふね》かな　小林《こばやし》　一茶《いっさ》

雨《あめ》ふるやうすうす焼《や》くる*山《やま》のなり　芥川龍之介《あくたがわりゅうのすけ》

母《はは》の頬《ほお》に*はるけく動《うご》く山火《やまび》かな　中村《なかむら》　汀女《ていじょ》

なほ山《(お)やま》を焼《や》く満天《まんてん》の星《ほし》の下《もと》　佐藤《さとう》　艸魚《そうぎょ》

*山《やま》のなり＝山の姿《すがた》。
*はるけく＝はるか遠く。

畑《はた》焼《や》く

畑焼《はたやき》・畦焼《あぜやき》・畦《あぜ》焼《や》く・畦《あぜ》火《び》

解説　田や畑には、秋の収穫《しゅうかく》後、藁《わら》など不用な物が放置されて年を越《こ》したり、枯《か》れ残《のこ》りの雑草《ざっそう》がそのままになっていることが多い。それらを焼いたり、田の畦《あぜ》を焼いたりして、害虫の卵《たまご》や幼虫《ようちゅう》を退《たい》治《じ》し、灰《はい》を肥料《ひりょう》として利用した。

畑焼《はたやき》や**畦焼《あぜやき》**は、本格的《ほんかくてき》な農作業に入る前の大事な春の作業である。

畠《はた》焼《や》くや*一本《いっぽん》の梅《うめ》に凝《こ》る煙《けむり》　高田《たかだ》　蝶衣《ちょうい》

足《あし》もとに消《き》え沈《しず》みたる畦火《あぜび》かな　高野《たかの》　素十《すじゅう》

いきいきと畦火《あぜび》進《すす》みて畦《あぜ》を出《い》でず　金子《かねこ》　篤子《あつこ》

畦焼《あぜやき》の火《ひ》の来《き》て止《と》まる*河童淵《かっぱぶち》　神蔵《かみくら》　器《うつわ》

*一本《いっぽん》の梅《うめ》に凝《こ》る煙《けむり》＝一本の梅《うめ》に集《あつ》まり寄《よ》る煙《けむり》。
*河童淵《かっぱぶち》＝岩手県遠野《とおの》地方にある、河童《かっぱ》が住んでいたという伝説のある淵《ふち》のこと。

春《はる》めく　明るい春の日ざしのなかを流れる川。川岸の桂《かつら》の木も芽吹《めぶ》き、本格的《ほんかくてき》な春の到来《とうらい》はもうすぐだ。

麦踏《むぎふみ》　動力つきのローラーを使って行う、現代《げんだい》の麦踏《むぎふ》み。

麦踏《むぎふみ》

麦《むぎ》を踏《ふ》む

解説　麦の芽は寒さに強い。しかし、霜《しも》のために麦の根が浮《う》き上《あ》がってしまうおそれがある。また、ただひょろひょろと背《せ》が伸《の》びただけでは株《かぶ》の張《は》りが悪く、収穫《しゅうかく》が少なくなる。根の浮《う》き上《あ》がりを防《ふせ》ぐために、また、たくさん株《かぶ》を出させるために、まだ寒さが残る早春に麦を踏《ふ》んでやる。**麦踏**《むぎふみ》は、麦がたくましく育つようにという農家の人の愛情《あいじょう》がこもった作業なのだ。

麦踏《むぎふ》みの作業は、今ではほとんど動力つきのローラーを使って行われるが、昔は、青く伸《の》びた麦の上を足でていねいに踏《ふ》みつけていった。その姿《すがた》は早春の代表的な風景であった。

歩《あゆ》み来《き》し人麦踏《ひとむぎふみ》をはじめけり　高野《たかの》 素十《すじゅう》

北風《きたかぜ》に言葉《ことば》うばは(わ)れ麦踏《むぎふ》めり　加藤《かとう》 楸邨《しゅうそん》

麦《むぎ》ふみのかほ(お)の下《した》から差《さ》す日《ひ》かな　渡辺《わたなべ》 白泉《はくせん》

麦踏《むぎふみ》の麦《むぎ》のいろなき畑《はた》も踏《ふ》む　阿部《あべ》ひろし

麦踏《むぎふ》むや海《うみ》は日《ひ》を呑《の》み終《おわ》りたる　森田《もりた》 峠《とうげ》

麦踏《むぎふ》みのまたはるかなるものめざす　鷹羽《たかは》 狩行《しゅぎょう》

春《はる》めく

春《はる》きざす

解説　寒さもゆるみ、気候やあたりの景色が春らしくなってくるようすを**春**《はる》**めく**という。「めく」は、「そのきざしが見えてくる」という意味を付け加える接尾語《*せつびご》である。

立春《りっしゅん》が過《す》ぎてもいっきに春にはならない。早く春にならないかと心待ちにしていると、やがて日が伸《の》び、どこか優《やさ》しい風が吹《ふ》き、木々に生気が感じられるようになる。そして、小鳥のさえずりがにぎやかになり、もう春だなあと実感できるようになる。**春めく**は、本格的《ほんかくてき》な春になる寸前《すんぜん》を、いち早くとらえた季語である。

＊接尾語《せつびご》＝語の末尾《まつび》にそえて、意味を加えるもの。

春《はる》めきてものの果《は》てなる空《そら》の色《いろ》　飯田《いいだ》 蛇笏《だこつ》

春《はる》めくや真夜《*まよ》ふりいでし雨《あめ》ながら　軽部烏頭子《かるべうとうし》

春《はる》めきし箒《ほうき》の先《さき》を土《つち》ころげ　星野《ほしの》 立子《たつこ》

草《くさ》よりも影《かげ》に春《はる》めく色《いろ》を見《み》し　高木《たかぎ》 晴子《はるこ》

故郷《ふるさと》につながるこころ春《はる》めけり　村越《むらこし》 化石《かせき》

春《はる》めくと話《はな》して改札員同士《*かいさついんどうし》　岡本《おかもと》 眸《ひとみ》

＊真夜《まよ》ふりいでし＝真夜中に降《ふ》り出《だ》した。
＊改札員《かいさついん》＝駅の改札口に立ち、切符《きっぷ》を確認《かくにん》する駅員。

公魚釣《わかさぎつり》　いちばん寒い時期に、凍《こお》った湖で氷に穴《あな》をあけて行う公魚《わかさぎ》釣《つ》り。

公魚《わかさぎ》　湖から釣《つ》り上《あ》がった公魚《わかさぎ》。体が銀色に光っている。

白魚《しらうお》　白く透《す》きとおった、美しい白魚《しらうお》。昔は多く見られたが、近年、川が汚《よご》れたため激減《げきげん》し、今では限《かぎ》られた産地でしかとれなくなった。

白魚《しらうお》

しらお・白魚汁《しらおじる》・白魚舟《しらおぶね》

解説　**白魚《しらうお》**は、河口《かこう》付近で獲《と》れる体長六、七センチほどの小さな魚。ほっそりしていて、半透明《はんとうめい》で美しい。そのため昔から女性《じょせい》の美しい指を「白魚《しらうお》のような」とたとえた。

味は淡白《たんぱく》で上品であり、吸《す》い物《もの》、てんぷら、酢《す》の物《もの》などにして食べる。

白魚《しらうお》は早春に産卵《さんらん》のために河口《かこう》をさかのぼる。この時期が旬《しゅん》で、味がもっともよい。産卵後《さんらんご》は味が落ちてしまう。それで春の季語となった。

ところで、読みには注意したい。「しろうお」と読むと、琵琶湖《びわこ》などに産するハゼ科の魚で、別の魚になる。

あけぼのやしら魚白《うおしろ》きこと一寸《いっすん》*
松尾《まつお》　芭蕉《ばしょう》

白魚《しらうお》やさ*ながら動《うご》く水《みず》の色《いろ》
小西《こにし》　来山《らいざん》

白魚《しらうお》の小《ちい》さき顔《かお》をもてりけり
原《はら》　石鼎《せきてい》

白魚《しらうお》の目《め》が見《み》しものを思《おも》ひ《（い）》をり
加藤《かとう》　楸邨《しゅうそん》

白魚《しらうお》を食《た》べて明《あか》るき声《こえ》を出《だ》す
鍵和田《かぎわだ》　秞子《ゆうこ》

白魚《しらうお》をひと飲《の》みにして喉《のど》さみし
棚山《たなやま》　波朗《はろう》

＊一寸《いっすん》＝昔の長さの単位で約３センチ。
＊さながら＝まるで。

公魚《わかさぎ》

公魚釣《わかさぎつり》

解説　**公魚《わかさぎ》**は、体長十センチ前後の銀白色の魚。本来は鮎《あゆ》や鮭《さけ》のように淡水《たんすい》で生まれ、海で育ち、また川へ帰る魚であるが、今は淡水《たんすい》だけで育つ公魚《わかさぎ》も多くなっている。

産地としては昔から、茨城《いばらき》県の霞ヶ浦《かすみがうら》が有名だが、移殖《いしょく》された諏訪湖《すわこ》（長野県）や山中湖《やまなかこ》（山梨《やまなし》県）、榛名湖《はるなこ》（群馬《ぐんま》県）なども有名になっている。

厳冬期《げんとうき》に、結氷した湖の氷に穴《あな》をあけて釣《つ》る情《じょう》景《けい》がテレビや写真でしばしば紹介《しょうかい》されるが、春に産卵期《さんらんき》を迎《むか》え、網《あみ》による漁期《りょうき》が春なので、春の季語になっている。淡白《たんぱく》な味で、フライ、てんぷらなどにして食べる。

公魚《わかさぎ》の穴釣《あなづ》り富士《ふじ》に皆背《みなそむ》き*
和田《わだ》　暖泡《だんぽう》

公魚《わかさぎ》をさみしき顔《かお》となりて喰《く》ふ《（う）》
草間《くさま》　時彦《ときひこ》

わかさぎを薄味《うすあじ》に煮《に》て暮色《ぼしょく》*くる
桂《かつら》　信子《のぶこ》

竿《さお》ばかり立《た》ちて公魚漁《わかさぎりょう》といふ《（う）》
深見《ふかみ》けん二《じ》

公魚《わかさぎ》にうす墨《ずみ》の縞《しま》あるあは《（わ）》れ
辻田《つじた》　克巳《かつみ》

きりもなく釣《つ》れて公魚《わかさぎ》あは《（わ）》れなり
根岸《ねぎし》　善雄《よしお》

＊皆背《みなそむ》き＝みんな背《せ》を向けて。
＊暮色《ぼしょく》くる＝だんだんと暮《く》れてきた感じがする。

猫《ねこ》の恋《こい》　体を寄《よ》せ合《あ》って、愛情《あいじょう》を確《たし》かめ合《あ》う。

飯蛸《いいだこ》　浅い海の底《そこ》を泳ぐ飯蛸《いいだこ》。

鶯餅《うぐいすもち》　表面に青きな粉《こ》がまぶしてある。春らしい色が喜ばれる。

飯《いい》蛸《だこ》

望湖魚《いいだこ》

解説　マダコ科の蛸《たこ》で、沿岸《えんがん》の浅い砂地《すなち》にすむ。体長は約二十五センチと小形の蛸《たこ》である。
　春さきが産卵期《さんらんき》なので、その卵《たまご》をもっている**飯《いい》蛸《だこ》**をとって煮《に》る。すると、胴《どう》に飯粒《めしつぶ》が詰《つ》まっているようになるのでこの名がある。
　身、卵《たまご》ともにおいしく、生のまま食べるほか、佃煮《つくだに》や干《ほ》し蛸《だこ》などにする。

飯蛸《いいだこ》や海峡《かいきょう》の月黄《つきき》なりける　谷《たに》　迪子《みちこ》

夕澄《ゆうす》みて飯蛸泳《いいだこおよ》ぐ舟《ふね》のうち　堀口《ほりぐち》　星眠《せいみん》

飯蛸《いいだこ》や川《かわ》を境《さかい》の＊須磨明石《すまあかし》　成瀬櫻桃子《なるせおうとうし》

飯蛸《いいだこ》の壺《つぼ》ひらひらとあがりけり　前田比呂志《まえだひろし》

＊須磨明石《すまあかし》＝須磨《すま》は兵庫《ひょうご》県神戸《こうべ》市南西部の海岸の名、明石《あかし》は神戸《こうべ》市に隣接《りんせつ》する市。昔から景色のよい名所として並《なら》び賞《しょう》されてきた。

猫《ねこ》の恋《こい》

恋猫《こいねこ》・恋《こい》の猫《ねこ》

解説　春さきは、猫《ねこ》の発情期《はつじょうき》である。発情期《はつじょうき》の猫《ねこ》は赤《あか》ん坊《ぼう》の泣くような声で鳴く。とくに夜、数匹《すうひき》の猫《ねこ》が大合唱をすると寝《ね》つけないこともある。
　猫《ねこ》はこの時期、雨風をいとわず、食事もとらず、ひたすら異性《いせい》を求める。飼《か》い猫《ねこ》もこの時期には何日も家をあけて放浪《ほうろう》し、やつれ果てた姿《すがた》で帰ってくることもある。

恋猫《こいねこ》とは＊やなりにけり鈴《すず》に泥《どろ》　阿波野青畝《あわのせいほ》

恋猫《こいねこ》のかへ（え）る野《の》の星沼《ほしぬま》の星《ほし》　橋本多佳子《はしもとたかこ》

恋猫《こいねこ》の恋《こい》する猫《ねこ》で押《お》し通《とお》す　永田《ながた》　耕衣《こうい》

恋猫《こいねこ》の皿《さら》舐《な》めてすぐ鳴《な》きにゆく　加藤《かとう》　楸邨《しゅうそん》

＊はやなりにけり＝早くもなってしまった。

鶯餅《うぐいすもち》

解説　あんを入れた餅《もち》の両端《りょうはし》をややすぼませ、青きなこをまぶした餅菓子《もちがし》。形や色が鶯《うぐいす》に似《に》ているところからこの名がついた。
　日本の風土に四季があることからか、和菓子《わがし》には、＊**桜餅**《さくらもち》や**柏餅**《かしわもち》など季節にちなんだ菓子《かし》が多い。**鶯餅**《うぐいすもち》も名前のように、鶯《うぐいす》のさえずりが始まる春さきに店頭に飾《かざ》られることが多い。

＊桜餅《さくらもち》は春2巻35ページ、柏餅《かしわもち》は夏1巻55ページを参照。

街《まち》の雨鶯餅《あめうぐいすもち》がもう出《で》たか　富安《とみやす》　風生《ふうせい》

大《おお》きう（きゅう）て鶯餅《うぐいすもち》も＊鄙《ひな》びたり　池内《いけのうち》たけし

鶯餅《うぐいすもち》わが買《か》ひ（い）妻《つま》も買《こ》うて来《き》し　岩崎《いわさき》　健一《けんいち》

いづ（ず）れが尾《お》いづ（ず）れが嘴《はし》やうぐひ（い）す餅《もち》　矢島《やじま》　久栄《ひさえ》

＊鄙《ひな》びたり＝田舎風《いなかふう》である。

紅梅《こうばい》　白梅《はくばい》にはない華《はな》やかさがある。

白梅《はくばい》　早春に、ほかの花に先駆《さきが》けて咲《さ》く。

梅《うめ》

紅梅《こうばい》・白梅《はくばい》・梅見《うめみ》・野梅《やばい》・梅林《ばいりん》

解説　**梅《うめ》**はバラ科の落葉樹《らくようじゅ》。他の花に先駆《さきが》けて、高い香気《こうき》を放って花を咲《さ》かせる。そこから春告草《はるつげぐさ》ともいわれる。

原産地は中国で、日本へは奈良《なら》時代、遣唐使《けんとうし》によって持ち帰られたといわれる。その気品ある清《きよ》らかな花は奈良《なら》時代の人々の心を強くとらえ、『万《*まん》葉集《ようしゅう》』には多くの梅《うめ》を詠《よ》んだ歌が載《の》せられている。そのころ**花《はな》**（春2巻33ページ参照）といえば桜《さくら》ではなく、梅《うめ》をさしたほどである。

梅《うめ》には多くの種類があるが、大きく**白梅《はくばい》**と**紅梅《こうばい》**に分けられる。紅梅《こうばい》は白梅《はくばい》よりやや咲《さ》くのが遅《おそ》く、濃艶《のうえん》な趣《おもむき》があり、長く咲《さ》く。

梅《うめ》は花が美しいばかりではない。香《かお》りもよく、梅《うめ》の名所で花が咲《さ》き始《はじ》めると、たくさんの人が**梅《うめ》見《み》**に訪《おとず》れる。梅《うめ》の名所《めいしょ》として、偕楽園《かいらくえん》（茨城《いばらき》県水《み》戸《と》市）、熱海梅園《あたみばいえん》（静岡《しずおか》県熱海《あたみ》市）、月《つき》ヶ《が》瀬《せ》梅林《ばいりん》（奈《な》良《ら》県月《つき》ヶ《が》瀬《せ》村）、北野《きたの》（京都市）などが古来から有名である。

＊『万葉集《まんようしゅう》』＝奈良《なら》時代後期に成立したわが国最古の歌集。

梅《うめ》が香《か》にのつ（っ）と日《ひ》の出《で》る山路《やまじ》かな　松尾《まつお》　芭蕉《ばしょう》

梅一輪一輪《うめいちりんいちりん》ほどの暖《あたた》かさ　服部《はっとり》　嵐雪《らんせつ》

白梅《しらうめ》に明《あ》くる夜《よ》ばかりとなりにけり　与謝《よさ》　蕪村《ぶそん》

勇気《ゆうき》こそ地《*ち》の塩《しお》なれや梅真白《うめましろ》　中村草田男《なかむらくさたお》

白梅《はくばい》のあと紅梅《こうばい》の深空《みそら》あり　飯田《いいだ》　龍太《りゅうた》

青空《あおぞら》に触《ふ》れし枝《えだ》より梅《うめ》ひらく　片山由美子《かたやまゆみこ》

＊地《ち》の塩《しお》＝神を信じる者は、食物の腐敗《ふはい》を防《ふせ》ぐ塩のように、社会の腐敗《ふはい》を防《ふせ》ぐ者になれという、聖書《せいしょ》の教え。

俳句 豆知識

花の色が豊富《ほうふ》な梅《うめ》の花《はな》

つやのある明るい紅色《べにいろ》の本紅《ほんべに》、花びらの周《しゅう》縁《えん》部《ぶ》が紅色《べにいろ》で芯《しん》は淡《あわ》い色になる口紅《くちべに》、口紅《くちべに》の逆《ぎゃく》で、花びらの周縁《しゅうえん》部《ぶ》は白か淡《あわ》い色で芯《しん》が紅《べに》色《いろ》の底紅《そこべに》、花びらの裏側《うらがわ》が紅色《べにいろ》で表面が淡色《たんしょく》の裏紅《うらべに》、紅色《べにいろ》の花びらの周縁《しゅうえん》部《ぶ》が白で、それに多少紅《べに》がかかる覆輪《ふくりん》など、梅《うめ》の花《はな》の色はとても豊富《ほうふ》で変化に富《と》んでいる。

また、つぼみのうちはピンクで開花すると白になる移《うつ》り白《じろ》、つぼみと咲《さ》き始めがピンクで満開時に白に変わる移《うつ》り色《いろ》、つぼみのうちは白で開花すると紅色《べにいろ》になる移《うつ》り紅《べに》のように色そのものが変わるものもある。

色とりどりの梅《うめ》の花が咲《さ》きほこる梅林《ばいりん》。

猫柳《ねこやなぎ》　水辺に咲《さ》く猫柳《ねこやなぎ》の花穂《かすい》は、春の訪《おとず》れを告げる使者ともいえる。

猫柳《ねこやなぎ》

川柳《かわやなぎ》

解説　日本全国の水辺に自生するヤナギ科の落葉低木で、高さは二、三メートルになる。

早春、まだ寒いころに、銀色をおびたねずみ色をした楕円形《だえんけい》の*花穂《かすい》が開花する。この花穂《かすい》のすべすべした毛が猫《ねこ》を思わせるので、この名がある。

春の訪《おとず》れを感じさせるこの**猫柳《ねこやなぎ》**は、日本の早春に欠くことができない植物の一つである。

猫柳《ねこやなぎ》みどりの*蕊《しべ》を吐《は》いて咲《さ》く　山口《やまぐち》青邨《せいそん》

ときをり《（お）》の水《みず》のささやき猫柳《ねこやなぎ》　中村《なかむら》汀女《ていじょ》

来《き》て見《み》ればほほけ《（お）》ちらして猫柳《ねこやなぎ》　細見《ほそみ》綾子《あやこ》

猫柳《ねこやなぎ》うつくしき雲《くも》ながれそむ　木下《きのした》夕爾《ゆうじ》

＊花穂《かすい》＝穂《ほ》のようになった花の集まり。
＊蕊《しべ》＝おしべとめしべのこと。
＊ほほけちらして＝ほつれ乱《みだ》れて。

山茱萸《さんしゅゆ》の花《はな》　枝《えだ》の先に集まって咲《さ》く山茱萸《さんしゅゆ》の黄色い花。庭木としても人気があるが、生け花にも使われる。

山茱萸《さんしゅゆ》の花《はな》

解説　古く中国から伝わったミズキ科の落葉小高木で、高さ三～五メートルぐらいになる。観賞用として、しばしば庭に植えられる。

三月ごろ、枝《えだ》の先に細かい球のように集まって、黄色い花がたくさん咲《さ》く。少し離《はな》れて見ると、全体が黄金色《こがねいろ》に輝《かがや》いて見えて美しく、そのため春黄金花《はるこがねばな》とも呼《よ》ばれる。

山茱萸《さんしゅゆ》にけぶるや雨《あめ》も*黄《き》となんぬ　水原秋櫻子《みずはらしゅうおうし》

山茱萸《さんしゅゆ》の蕾《つぼみ》のはなればなれなる　高浜《たかはま》年尾《としお》

さんしゆ《（ゆ）》ゆの花《はな》のこまかさ相《あい》ふれず　長谷川素逝《はせがわそせい》

山茱萸《さんしゅゆ》に明《あか》るき言葉《ことば》こぼし合《あ》ふ《（う）》　鍵和田秞子《かぎわだゆうこ》

＊黄《き》となんぬ＝黄色となった。

満作《まんさく》　葉が出る前に黄色い花が咲《さ》きほこる。早春の野山を真っ先に彩《いろど》る花である。

満作《まんさく》

金縷梅《まんさく》・金縷梅《きんろうばい》・銀縷梅《ぎんろうばい》

解説　高さ三メートルほどの山野に自生する、わが国固有の木である。早春に他の花に先がけて、黄色い花を咲《さ》かせる。

「先《ま》ず咲《さ》く」がなまってマンサクの名がつけられたとも、ひも状《じょう》に咲《さ》き満《み》ちるこの花を見て、稲《いね》の豊《ほう》年満作《ねんまんさく》を願って名づけられたともいわれる。淡《あわ》い黄色の花のものもあり、これは**銀縷梅《ぎんろうばい》**と呼《よ》ばれる。

まんさくは煙《けむ》りのごとし近《ちか》よりても　細見《ほそみ》綾子《あやこ》

まんさくや水《みず》いそがしきひとところ　岸田《きしだ》稚魚《ちぎょ》

まんさくに水激《みずはげ》しくて村静《むらしず》か　飯田《いいだ》龍太《りゅうた》

まんさくやふところ深《ふか》き*奥三河《おくみかわ》　伊藤《いとう》敬子《けいこ》

＊奥三河《おくみかわ》＝三河《みかわ》は愛知《あいち》県の東部。その北部の山岳《さんがく》地帯が奥三河《おくみかわ》。

牡丹《ぼたん》の芽《め》　枝《えだ》の先から伸《の》びた赤い牡丹《ぼたん》の芽《め》。

ヒヤシンス　紫色《むらさきいろ》のヒヤシンスの花。百合《ゆり》に形の似《に》た小さな花がかたまって咲《さ》く姿《すがた》が美しい。

クロッカス　色とりどりのクロッカスの花。花全体の高さが10センチくらいと小さい。

牡丹《ぼたん》の芽《め》

解説　*牡丹《ぼたん》はボタン科の落葉低木。原産は中国で、初めは薬用として伝わったらしい。五月ごろ咲《さ》く花は美しく、名花として観賞される。

早春、枯枝《かれえだ》の先から美しい燃《も》えるような赤い芽を出す。その芽には、力強さやたくましさが感じられる。やがて枝《えだ》になるのだが、日本人は美しい花とともに、その芽も愛した。

牡丹《ぼたん》の芽《め》或《ある》ひと日《ひ》より伸《の》びに伸《の》ぶ　菅《すが》　裸馬《らば》

折鶴《おりづる》のごとくたためる牡丹《ぼたん》の芽《め》　山口《やまぐち》　青邨《せいそん》

満《み》つる力《ちから》は破《やぶ》るる力《ちから》牡丹《ぼたん》の芽《め》　加藤《かとう》　楸邨《しゅうそん》

誰《た》が触《ふ》るることも宥《ゆる》さず牡丹《ぼたん》の芽《め》　安住《あずみ》　敦《あつし》

＊牡丹《ぼたん》の花は夏１巻64ページを参照。

ヒヤシンス

解説　ユリ科の球根植物で、一本の花軸《かじく》に小さな花がかたまって咲《さ》く。花の色は紫《むらさき》、赤、白、黄色など各種あり、香《かお》りがよい。

庭植えやプランター栽培《さいばい》もできるが、ビンに入れて水栽培《みずさいばい》すると白い根も観賞できる。

ギリシャ神話では、太陽神アポロンに愛された美しい若者《わかもの》の化身《けしん》とされる花である。

ヒヤシンスレースカーテンただ白《しろ》し　山口《やまぐち》　青邨《せいそん》

午後《ごご》の日《ひ》の影重《かげかさ》ねあふ(う)ヒヤシンス　岡部《おかべ》六弥太《ろくやた》

水《みず》にじむごとく夜《よ》が来《き》てヒヤシンス　岡本《おかもと》　眸《ひとみ》

うつぶせに寝《ね》て父《ちち》の夢《ゆめ》ヒヤシンス　大木《おおき》あまり

クロッカス

解説　アヤメ科の球根植物で、薬用に栽培《さいばい》されるサフランの仲間。ヒヤシンスのように水栽培《みずさいばい》も楽しめるが、プランターや庭でも栽培《さいばい》されている。

秋に球根を植えると、早春のまだ寒さが残るころに松葉のような細長い葉を伸《の》ばし、やがて地上に花芽《はなめ》が現《あらわ》れる。花は六弁《べん》の美しいもので、紫《むらさき》、黄、白などの色がある。

日《ひ》が射《さ》してもうクロッカス咲《さ》く時分《じぶん》　高野《たかの》　素十《すじゅう》

クロッカス光《ひかり》を貯《た》めて咲《さ》きにけり　草間《くさま》　時彦《ときひこ》

クロッカス汚《けが》れを知《し》らず土《つち》に咲《さ》く　森田《もりた》　峠《とうげ》

*尖塔《せんとう》の空晴《そらは》れわたりクロッカス　大木《おおき》さつき

＊尖塔《せんとう》＝頂上《ちょうじょう》がとがって高く突《つ》き出《で》た建物。

蕗の薹《ふきのとう》　雪のまだ残るころに土中から顔を出す蕗の薹《ふきのとう》。

海苔《のり》　干海苔《ほしのり》をつくる。一枚《まい》ずつ海苔《のり》を並《なら》べていく。

蕗《ふき》の薹《とう》

春《はる》の蕗《ふき》

解説　蕗《ふき》はキク科の多年草で、山野に自生する。

まだ山の雪が消え残っているような春さきに、薄緑色《うすみどりいろ》をした卵形《たまごがた》の花茎《かけい》が雪間や土手などに顔を出す。これが**蕗《ふき》の薹《とう》**で、大きなうろこのような葉で幾重《いくえ》にも包《つつ》まれている。このころの花の開く前の蕗《ふき》の薹《とう》を、蕗《ふき》みそ*、天ぷらなどにして食べる。ほろ苦いが、春の香《かお》りがする。

やがて、蕗《ふき》の薹《とう》は花茎《かけい》を伸《の》ばして、花を開く。蕗《ふき》は雌雄異株《しゆういしゅ》で、雌株《めかぶ》は白、雄株《おかぶ》はうすい黄色い花である。花が開くころは、春もたけなわとなる。花が咲《さ》いてしばらくすると、長い柄《え》のある大きな葉が地下茎《ちかけい》から出る。これが**春《はる》の蕗《ふき》**である。

山陰《やまかげ》やいつから長《なが》き蕗《ふき》の薹《とう》　野沢《のざわ》凡兆《ぼんちょう》

一《ひと》つあると蕗《ふき》のた《(と)》う二《ふた》つ三《み》つ　種田《たねだ》山頭火《さんとうか》

ほとばしる水《みず》のほとりの蕗《ふき》の薹《とう》　野村《のむら》泊月《はくげつ》

蕗《ふき》の薹《とう》おもひ《(い)》おもひ《(い)》の夕汽笛《ゆうきてき》　中村《なかむら》汀女《ていじょ》

*みちのくの緑《みどり》は蕗《ふき》の薹《とう》よりぞ　福田《ふくだ》蓼汀《りょうてい》

蕗《ふき》の薹《とう》喰《た》べる空気《くうき》を汚《よご》さずに　細見《ほそみ》綾子《あやこ》

＊蕗《ふき》みそ＝蕗《ふき》の薹《とう》をきざみ入れて焼いたみそ。
＊みちのく＝東北地方のこと。

海苔《のり》

青海苔《あおのり》・干海苔《ほしのり》・海苔採《のりとり》・海苔舟《のりぶね》・海苔粗朶《のりそだ》・海苔網《のりあみ》

解説　海中の岩石について育つ藻類《そうるい》を、まとめて**海苔《のり》**という。とくに味のよい甘海苔《あまのり》が、浅草海苔《あさくさのり》として知られている。これは、最初の生産地であった浅草《あさくさ》（東京都台東区《たいとうく》）の地名に由来する。

海苔《のり》は、本来野生のものであるが、江戸《えど》時代からその生態《せいたい》が調査研究《ちょうさけんきゅう》され、大きな川が流れこむ遠浅の海岸で、大量に養殖《ようしょく》生産されるようになった。海苔《のり》の採取《さいしゅ》、乾燥《かんそう》は、十一月中旬《ちゅうじゅん》から三月末ごろまで行われ、早春までに最盛期《さいせいき》を迎《むか》えるので春の季語となっている。このころには、小舟《こぶね》で海苔《のり》を採《と》る漁師《りょうし》の姿《すがた》や、採《と》った海苔《のり》を天日《てんぴ》で乾燥《かんそう》して**干海苔《ほしのり》**をつくる光景も見られる。

青海苔《あおのり》や水《みず》にさしこむ日《ひ》の光《ひかり》　正岡《まさおか》子規《しき》

岩《いわ》の上《え》に傾《かたむ》け置《お》きぬ海苔《のり》の桶《おけ》　高浜《たかはま》虚子《きょし》

大海《たいかい》に流《なが》れむ《(ん)》とする海苔《のり》を採《と》る　前田《まえだ》普羅《ふら》

海苔舟《のりぶね》に立《た》ち上《あが》るなり風《かぜ》に勝《か》ち　平畑《ひらはた》静塔《せいとう》

*海苔粗朶《のりそだ》にこまやかな波《なみ》ゆきわたり　下田《しもだ》実花《じっか》

海苔網《のりあみ》を押《お》しあげてゐ《(い)》るうねりかな　斎藤《さいとう》梅子《うめこ》

＊海苔粗朶《のりそだ》＝海苔《のり》を付着《ふちゃく》させるため、海中に立てる木《き》の枝《えだ》などのこと。

草萌《くさもえ》　芽吹《めぶ》き始《はじ》めた緑色の草。やがて緑のじゅうたんを敷《し》いたようになる。

草の芽《くさのめ》　とけ残った雪の中から、また土の中から萌《も》え出《だ》した片栗《かたくり》の芽《め》。

下萌《したもえ》

草萌《くさもえ》・草青《くさあお》む

解説　早春、まだ大地は眠《ねむ》っている。ある日、冬《ふゆ》枯《が》れの草の中からぽつんと緑色の芽が小さな顔をのぞかせる。この光景を**下萌**《したもえ》、**草萌**《くさもえ》という。**下萌**《したもえ》は大地の息吹《いぶ》きに重点をおいているのに対し、**草**《くさ》**萌**《もえ》は草の芽《め》吹《ぶ》きに重点をおいた言葉である。

やがてあちらこちらに緑の芽が顔を出し、道《みち》ばたも庭も野原もあっという間に緑の若草《わかくさ》におおわれる。一面が緑のじゅうたんを敷《し》いたようになる。この光景が**草青む**《くさあお》である。**草青む**《くさあお》は、**下萌**《したもえ》や**草萌**《くさもえ》よりも、もう少し春が進んだ状態《じょうたい》をいう。

いずれも、春の大地の息吹《いぶ》きと草の香《かお》りが漂《ただよ》う、春の訪《おとず》れを実感できる季語である。

下萌《したもえ》や土《つち》の裂目《さけめ》の物《もの》の色《いろ》　炭《たん》　太祇《たいぎ》
山里《やまざと》は牛《うし》の鼻《はな》さき草《くさ》もゆる　高浜《たかはま》　虚子《きょし》
街《まち》の音《おと》とぎれる間《ま》あり草萌《くさも》ゆる　中村《なかむら》　汀女《ていじょ》
下萌《したも》えて土中《どちゅう》に楽《がく》のおこりたる　星野《ほしの》　立子《たつこ》
下萌《したも》ゆと*思《おも》ひ《(い)》そめたる一日《ひとひ》かな　松本《まつもと》たかし
下萌《したも》ゆる力《ちから》となりて降《ふ》る雨《あめ》よ　稲畑《いなはた》　汀子《ていこ》

*思《おも》ひそめたる＝思い始めた。

草の芽《くさのめ》

名草《なぐさ》の芽《め》・ものの芽《め》・物芽《ものめ》

解説　春、萌《も》え出《だ》すいろいろな草の芽のこと。**草**《くさ》**の芽**《め》は、ふつう木の芽よりも早く萌《も》え出《だ》す。今まで青いものを見なかった大地。枯《か》れた葉や茎《くき》の間から、あるいは黒い土の中から、若草色《わかくさいろ》の芽がぞくぞくと萌《も》え出《だ》してくる。春の訪《おとず》れである。

菊《きく》、百合《ゆり》、桔梗《ききょう》、菖蒲《しょうぶ》など、名のある草の芽は、とくに**名草の芽**《なぐさ》《め》と呼《よ》ぶ。また、これらをそれぞれ個別《こべつ》に、菊《きく》の芽《め》、百合《ゆり》の芽《め》、菖蒲《しょうぶ》の芽《め》などと詠《よ》みこむこともある。

ものの芽《め》、**物芽**《ものめ》という季語もあるが、これは木の芽とも草の芽ともかぎらず、すべての芽をひっくるめていう言葉である。

*土塊《つちくれ》を一《ひと》つ動《うご》かし物芽《ものめ》出《い》づ《(ず)》　高浜《たかはま》　虚子《きょし》
甘草《かんぞう》の芽《め》のとびとびのひとならび　高野《たかの》　素十《すじゅう》
紫苑《しおん》の芽《め》ぞくぞくと*群《む》れそめにけり　阿波野《あわの》青畝《せいほ》
ほぐれんとして傾《かたむ》ける物芽《ものめ》かな　中村《なかむら》　汀女《ていじょ》
水《みず》の面《も》の日《ひ》はうつりつつ菖蒲《しょうぶ》の芽《め》　長谷川《はせがわ》素逝《そせい》
草《くさ》の芽《め》のいまかがやくは命《いのち》かな　小林《こばやし》　康治《こうじ》

*土塊《つちくれ》＝土のかたまり。
*群《む》れそめにけり＝群《む》れ始《はじ》めた。

片栗《かたくり》の花《はな》　小さな赤紫色《あかむらさきいろ》の花。おしべ・めしべは下を向く。

犬《いぬ》ふぐり　淡《あわ》い赤紫色《あかむらさきいろ》の小さな花をつける日本在来《ざいらい》の犬ふぐり（右上）と、道ばたなどでよく見かけるオオイヌノフグリ（右）。

菠薐草《ほうれんそう》　青々とした葉を茂《しげ》らせる春の畑の菠薐草《ほうれんそう》。

菠薐草《ほうれんそう》

解説　西南アジア原産の野菜。葉は緑濃《みどりこ》く、やわらかで根元は赤い。ビタミンや鉄分を多く含《ふく》み、栄養価《えいようか》も高く、早春の代表的な青野菜の一つである。江戸《えど》時代に伝わった在来種《ざいらいしゅ》と、明治《めいじ》時代に伝わった西洋種がある。冬に出回るものが多いが、在来種《ざいらいしゅ》が秋まきで冬を越《こ》し、春に収穫《しゅうかく》することから、春の季語とされている。

しをらしや細茎赤《ほそくきあか》きはう（ほ）れん草《そう》　村上《むらかみ》　鬼城《きじょう》

*吾子《あこ》の口菠薐草《くちほうれんそう》のみどり染《そ》め　深見《ふかみ》けん二《じ》

熱湯《ねっとう》に放《ほう》られ菠薐草《ほうれんそう》ま青《さお》　保坂《ほさか》　リエ

大風《おおかぜ》やはう（ほ）れん草《そう》が落《お》ちてゐ（い）る　千葉《ちば》　皓史《こうし》

*吾子《あこ》＝わが子。

犬《いぬ》ふぐり

解説　日本在来《ざいらい》の**犬《いぬ》ふぐり**は、春早く淡《あわ》い赤紫色《あかむらさきいろ》の小さな花をつける植物である。ところが明治《めいじ》時代初め、ヨーロッパからオオイヌノフグリが渡来《とらい》し、今日ではこの瑠璃色《るりいろ》の鮮《あざ》やかな色彩《しきさい》の花をつけるオオイヌノフグリのほうをさすようになった。
　春早く、道ばたや野原など、いたるところで、かわいい花を見ることができる。

いぬふぐり星《ほし》のまたたく如《ごと》くなり　高浜《たかはま》　虚子《きょし》

ありあまる時《とき》の過《す》ぎゆく犬《いぬ》ふぐり　古舘《ふるたち》　曹人《そうじん》

犬《いぬ》ふぐり大地《だいち》かがやきそめにけり　加藤《かとう》三七子《みなこ》

友達《ともだち》の影《かげ》やはら（わ）かく犬《いぬ》ふぐり　川崎《かわさき》　展宏《てんこう》

片栗《かたくり》の花《はな》

かたかごの花《はな》

解説　本州の中部以北の雑木林《ぞうきばやし》の中などに群生《ぐんせい》するユリ科の多年草。
　早春に、十五センチほどの茎《くき》の先に、姫百合《ひめゆり》に似《に》た赤紫色《あかむらさきいろ》の小さな花が開く。かわいらしく美しいので、奈良《なら》時代から、**かたかごの花《はな》**と呼《よ》ばれて愛されてきた。
　地下茎《ちかけい》からは、料理に使われる片栗粉《かたくりこ》が採《と》れる。

片栗《かたくり》の一《ひと》つの花《はな》の花盛《はなざか》り　高野《たかの》　素十《すじゅう》

数咲《かずさ》いて花《はな》かたくりは一《ひと》つづ（ず）つ　五十嵐播水《いがらしばんすい》

かたかごの花群《はなむら》がりてあひ（い）触《ふ》れず　清崎《きよさき》　敏郎《としお》

かたくりの花《はな》には強《つよ》し山《やま》の風《かぜ》　堀《ほり》　文子《ふみこ》

巻末資料―①

俳句《はいく》の歴史

俳諧《はいかい》の誕生《たんじょう》から現代《げんだい》俳句《はいく》まで

二川茂徳《ふたがわしげのり》 解説

立正大学文学部文学科非常勤講師
城西大学附属城西高等学校国語科教諭
社団法人俳人協会幹事
「未来図」同人

遠《とお》山《やま》に日《ひ》の当《あた》りたる枯野《かれの》かな

高浜《たかはま》虚子《きょし》

一　俳諧《はいかい》の誕生《たんじょう》と初期の俳諧《はいかい》

●和歌《わか》から連歌《れんが》へ、連歌《れんが》から俳諧《はいかい》へ

日本の詩歌《しいか》は、固有《こゆう》の文字を持たなかった長い口承《こうしょう》(口伝え)の時をへて、漢字の渡来《とらい》によって「①記紀歌謡《ききかよう》」として文字に表現《ひょうげん》され、『②万葉集《まんようしゅう》』のすぐれた作品の誕生《たんじょう》を見るにいたった。漢字はさらに平仮名《ひらがな》と片仮名《かたかな》を生んで、和歌隆盛《わかりゅうせい》の大きな役割《やくわり》をになった。

『万葉集《まんようしゅう》』にはさまざまな③歌体《かたい》があるが、圧倒的《あっとうてき》に多いのは短歌体《たんかたい》(五七五、七七)である。この定型《ていけい》が一つの抒情《じょじょう》を表現《ひょうげん》するうえで理想的な姿《すがた》であったことは、十世紀はじめに成立した『古今和歌集《こきんわかしゅう》』に明らかである。『万葉集《まんようしゅう》』では二百六十余を数えた長歌《ちょうか》が、『古今和歌集《こきんわかしゅう》』ではわずか五首収《おさ》められているだけで、長歌《ちょうか》の重厚《じゅうこう》な五七調から、軽快《けいかい》な短歌の七五調への構造《こうぞう》の変化を時代がうながしたといえよう。さらに短歌《たんか》は、『小倉百人一首《おぐらひゃくにんいっしゅ》』(十二世紀成立)の影響《えいきょう》により、上《かみ》の句《く》(五七五)と下《しも》の句《く》(七七)が分離《ぶんり》し、問答《もんどう》とか唱和《しょうわ》の形でおたがいに付け合うという、詩歌《しいか》の共同制作《きょうどうせいさく》が行われるようになった。これが「短連歌《たんれんが》」とよばれるものである。

室町《むろまち》時代(十四世紀)になると、この④連歌《れんが》が民間の文芸として好まれ、短連歌《たんれんが》をつぎつぎとつなげていく「鎖連歌《くさりれんが》」として脚光《きゃっこう》を浴びるようになり、数人が連座《れんざ》して作るという日本独特《どくとく》の「座《ざ》の文芸」が、短歌をもしのぐ勢《いきお》いを得た。

連歌集《れんがしゅう》としては一三五六年、二条良基《にじょうよしもと》が『菟玖波集《つくばしゅう》』を編纂《へんさん》した。ついで一四九五年に、連《れん》歌師《がし》で漂泊《ひょうはく》の詩人と称《しょう》された飯尾宗祇《いいおそうぎ》が『新撰菟玖波集《しんせんつくばしゅう》』を完成した。

このように和歌《わか》の余技《よぎ》として成長した連歌《れんが》は、機知の文芸とはいえ、風雅《ふうが》の伝統《でんとう》と種々の制《せい》約《やく》を受けていた。そのため自由な発想による滑稽味《こっけいみ》、言葉の洒落《しゃれ》と通俗的《つうぞくてき》な笑いを中心にした「俳諧《はいかい》の連歌《れんが》」が起こり、一五四〇年、荒木田守武《あらきだもりたけ》による『俳諧之連歌独吟千句《はいかいのれんがどくぎんせんく》』が詠《よ》まれた。同じころ山崎宗鑑《やまざきそうかん》による『新撰犬筑波集《しんせんいぬつくばしゅう》』が編《あ》まれ、雅語《がご》(詩歌《しいか》などで使われた、洗練《せんれん》された和語《わご》)の規制《きせい》にとらわれることのない自由な表現《ひょうげん》をもって、新しい詩的領域《りょういき》を広げていった。

この「俳諧《はいかい》の連歌《れんが》」は、「連句《れんく》」または「俳諧《はいかい》」ともよばれた。

◆『菟玖波集《つくばしゅう》』の作品

佐保川《さほがわ》の水《みず》せきいれて植《うえ》し田《た》を
　かるわさいねはひとりなるべし
読人《よみびと》しらず
中納言家持《ちゅうなごんやかもち》

たらひ《(い)》にて足《あし》をばいかで洗《あら》ふ《(う)》べき
　水《みず》がめの湯《ゆ》は沸《わ》かぬものかは
俊頼朝臣《としよりあそん》

月寒《つきさむ》しとぶらひ《(い)》来《き》ます友《とも》もがな
　野寺《のでら》の鐘《かね》のとほ《(お)》き秋《あき》の夜《よ》
救済法師《ぐさいほうし》

◆『新撰菟玖波集《しんせんつくばしゅう》』の作品

草木《くさき》の中《なか》の古道《ふるみち》の月《つき》
　片《かた》うづ《(ず)》ら帰《かえ》るを幾夜《いくよ》たのむらむ《(ん)》
宗祇法師《そうぎほうし》

冬枯《ふゆが》れの野辺《のべ》にさびしき色見《いろみ》えて
　夕日《ゆうひ》の下《した》の水《みず》の一筋《ひとすじ》
権大僧都心敬《ごんのだいそうずしんけい》

長《なが》らふ《(う)》る世《よ》をうの花《はな》の盛《さか》りかな
従一位富子《じゅいちいとみこ》

世《よ》にふるもさらに時雨《しぐれ》のやどりかな
宗祇法師《そうぎほうし》

◆『新撰犬筑波集《しんせんいぬつくばしゅう》』の作品

にがにがしいつまで嵐《あらし》ふきのたう《(と)》
(発句《ほっく》)

猿《さる》の尻《しり》こがらし知《し》らぬ紅葉《もみじ》かな
(発句《ほっく》)

寒《さむ》くとも火《ひ》になあたりそ雪仏《ゆきぼとけ》
(発句《ほっく》)

(切《き》りたくもあり切《き》りたくもなし)
　ぬす人《びと》をとらへ《(え)》てみればわが子《こ》なり
(付句《つけく》)

① 記紀歌謡《ききかよう》——『古事記《こじき》』と『日本書紀《にほんしょき》』の中に出ている歌謡《かよう》。漢字の音《おん》と訓《くん》を使って日本語を表現《ひょうげん》する「万葉《まんよう》がな」が使われている。
② 『万葉集《まんようしゅう》』——奈良《なら》時代後期に成立した、現存《げんぞん》するわが国最古の歌集。仁徳天皇《にんとくてんのう》から淳仁《じゅんにん》天皇まで四、五百年の間の和歌《わか》約四千五百首を収録《しゅうろく》している。
③ 『万葉集《まんようしゅう》』の歌体——(1)短歌《たんか》(五七五、七七)音、(2)長歌《ちょうか》(五七のくり返しのあと五七七)音、(3)旋頭歌《せどうか》(五七七、五七七)音、(4)仏足石歌《ぶっそくせきか》(五七、五七、七七)音。
④ 連歌《れんが》——五七五の発句《ほっく》に対して七七の脇句《わきく》を付け、さらに五七五の第三句《く》を付け、以下、七七、五七五……と続けて百句《く》にいたる百韻《いん》がふつうの形式。第一句《く》以下を発句《ほっく》に対して付句《つけく》という。

飯尾宗祇《いいおそうぎ》　（京都大学附属図書館蔵）

松永貞徳《まつながていとく》　（京都・妙満寺蔵）

◆「貞門俳諧《ていもんはいかい》」の作品

順礼《じゅんれい》の棒《ぼう》ばかりゆく夏野《なつの》かな　　松江重頼《まつえしげより》

これはこれはとばかり花《はな》の芳野山《よしのやま》　　安原貞室《やすはらていしつ》

年《とし》の内《うち》に踏《ふ》みこむ春《はる》の日脚《ひあし》かな　　北村季吟《きたむらきぎん》

◆「談林俳諧《だんりんはいかい》」の作品

辻駕籠《つじかご》や雲《くも》に乗《の》りゆく花《はな》の山《やま》　　井原西鶴《いはらさいかく》

長持《ながもち》に春《はる》ぞ暮《く》れゆく更衣《ころもがえ》　　井原西鶴《いはらさいかく》

鯛《たい》は花《はな》は見《み》ぬ里《さと》もあり今日《きょう》の月《つき》　　井原西鶴《いはらさいかく》

●貞門俳諧《ていもんはいかい》と談林俳諧《だんりんはいかい》

江戸《えど》時代(十七世紀)になると庶民《しょみん》が社会的な勢力《せいりょく》をもち、幕府《ばくふ》の学問奨励《しょうれい》もあって民衆的《みんしゅうてき》な俳諧《はいかい》が、松永貞徳《まつながていとく》とその弟子《でし》たちの活躍《かつやく》によって全国的に広まり、庶民《しょみん》の文学として重要な位置を占《し》めるようになった。

当時まだ文化の中心であった京都の貞徳《ていとく》のもとに集まったのは、野々口立圃《ののぐちりゅうほ》、松江重頼《まつえしげより》、山本西武《やまもとさいむ》、鶏冠井令徳《かえでいりょうとく》、安原貞室《やすはらていしつ》、北村季吟《きたむらきぎん》、高瀬梅盛《たかせばいせい》たちで、貞門《ていもん》の七俳仙《しちはいせん》といわれた。貞徳《ていとく》は、和歌連歌《わかれんが》の伝統的《でんとうてき》な雅趣《がしゅ》を俳諧《はいかい》にも表現《ひょうげん》しようとした人で、俳諧《はいかい》の⑤式目《しきもく》『俳諧御傘《はいかいごさん》』を公《おおやけ》にし、⑥「俳諧《はいかい》は俳言《はいごん》にて賦《ふ》する連歌《れんが》なり」(『増山井《ぞうやまのい》』)に見られるように、俳言《はいごん》(従来《じゅうらい》の和《わ》歌連歌《かれんが》では使われなかった漢語や俗語《ぞくご》の類)が使われるかどうかで、連歌《れんが》と俳諧《はいかい》の違《ちが》いを明確にした。ただ内容的《ないようてき》には、

しをるるは何《なに》かあんずの花《はな》の色《いろ》　　霞《かすみ》さへ《（え）》まだらに立《た》つやとらの年《とし》

ねぶらせて養《やしな》ひ《（い）》立《た》てよ花《はな》のあめ　　花《はな》よりも団子《だんご》やありて帰《かえ》る雁《かり》

のように、俳言《はいごん》を中心とした言語的な遊戯《ゆうぎ》に終わるものが多く、俳諧《はいかい》の大衆化《たいしゅうか》にはつくしたものの、文芸的な貢献《こうけん》にはとぼしいものであった。

そのような「貞門俳諧《ていもんはいかい》」に対する反動として、平凡《へいぼん》な内容《ないよう》を自由奔放《じゆうほんぽう》に表現《ひょうげん》しようと、一六七〇年代に、『西山宗因千句《にしやまそういんせんく》』『談林十百韻《だんりんとっぴゃくいん》』を発表し、俳壇《はいだん》に新風を送《おく》り込《こ》んだのが武家《ぶけ》出身の西山宗因《にしやまそういん》である。大阪《おおさか》におこったこの新傾向《しんけいこう》は「談林俳諧《だんりんはいかい》」とよばれ、京都や江戸《えど》だけでなく、またたくまに各地に流行していった。

談林《だんりん》(檀林《だんりん》)とは、本来仏《ほとけ》と仏弟子《ぶつでし》の集まった修行《しゅぎょう》の場を意味し、宗因《そういん》には「されば爰《ここ》に談林《だんりん》の木《き》あり梅《うめ》の花《はな》」の一句《いっく》もあって、「俳諧《はいかい》の談林《だんりん》」をめざした宗因《そういん》の革新《かくしん》への気がみちみちている。

世《よ》の中《なか》や蝶々《ちょうちょう》とまれかくもあれ　　里人《さとびと》のわたり候《そうろう》か橋《はし》の霜《しも》

やがて見《み》よ棒《ぼう》くらは《（わ）》せん蕎麦《そば》の花《はな》　　鴨《かも》の足《あし》は流《なが》れもあへ《（え）》ぬ紅葉《もみじ》かな

こうした作品からもうかがえるように、宗因《そういん》は、奇抜《きばつ》な着想や先行文芸の大胆《だいたん》なパロディ、斬新《ざんしん》な見立てと軽快《けいかい》な詠《よ》みぶりにより、享楽的傾向《きょうらくてきけいこう》を深めながら庶民《しょみん》の人気を得た。門下では、興行的《こうぎょうてき》な⑦矢数俳諧《やかずはいかい》で一日に二万三千五百句《く》を詠《よ》んだ井原西鶴《いはらさいかく》や、岡西惟中《おかにしいちゅう》、菅野谷高政《すがのやたかまさ》、田代《たしろ》松意《しょうい》たちが著名《ちょめい》で、おおいに談林派《だんりんは》の勢力《せいりょく》をのばした。

⑤式目《しきもく》——連歌《れんが》・俳諧《はいかい》の規定集《きていしゅう》。
⑥北村季吟《きたむらきぎん》の『増山井《ぞうやまのい》』の中のことば。
⑦矢数俳諧《やかずはいかい》——一定の時間内に、早くたくさんの句《く》を作ることを競うこと。

おくのほそ道屏風《びょうぶ》にえがかれた芭蕉《ばしょう》(左上)
与謝蕪村《よさぶそん》がえがいた。　(山形美術博物館蔵)

◆俳壇刷新《はいだんさっしん》の先駆的《せんくてき》作品

名月《めいげつ》や今宵生《こよいうま》るる子《こ》もあらむ《(ん)》　伊藤信徳《いとうしんとく》
春風《はるかぜ》や堤《つつみ》ごしなる牛《うし》の声《こえ》　小西来山《こにしらいざん》
凩《こがらし》の果《はて》はありけり海《うみ》の音《おと》　池西言水《いけにしごんすい》
美《うつく》しい皺《しわ》を見《み》せけり芥子《けし》の花《はな》　椎本才麿《しいのもとさいまろ》
目《め》には青葉山《あおばやま》ほととぎす初鰹《はつがつお》　山口素堂《やまぐちそどう》
によつ《(よっ)》ぽりと秋《あき》の空《そら》なる富士《ふじ》の山《やま》　上島鬼貫《うえじまおにつら》

◆松尾芭蕉《まつおばしょう》の作品

名月《めいげつ》や池《いけ》をめぐりて夜《よ》もすがら
冬《ふゆ》の日《ひ》や馬上《ばじょう》に氷《こお》る影法師《かげぼうし》
閑《しず》かさや岩《いわ》にしみ入《い》る蟬《せみ》の声《こえ》
暑《あつ》き日《ひ》を海《うみ》に入《い》れたり最上川《もがみがわ》
荒海《あらうみ》や佐渡《さど》によこたふ《(う)》天《あま》の河《がわ》
梅《うめ》が香《か》にのつ《(っ)》と日《ひ》の出《で》る山路《やまじ》かな
この道《みち》や行《ゆ》く人《ひと》なしに秋《あき》の暮《く》れ
旅《たび》に病《や》んで夢《ゆめ》は枯野《かれの》をかけ廻《めぐ》る

二　江戸《えど》時代の俳諧《はいかい》の隆盛《りゅうせい》

●蕉風俳諧《しょうふうはいかい》の確立《かくりつ》

西山宗因《にしやまそういん》とその門下が、伝統《でんとう》に対して革新《かくしん》をおしすすめた功績《こうせき》は大きいが、詩的内容《ないよう》においては貞門《ていもん》の域《いき》を大きくこえられず、芸術性《げいじゅつせい》を高めるまでにはいたらなかった。ただ一六七〇年代に入って、それまでの遊戯的《ゆうぎてき》な俳諧観《はいかいかん》に批判的《ひはんてき》な一団《いちだん》が、貞門《ていもん》、談林《だんりん》の双方《そうほう》から立ち上がり、より高尚《こうしょう》な詩境《しきょう》を開拓《かいたく》しはじめた。伊藤信徳《いとうしんとく》、小西来山《こにしらいざん》、池西言水《いけにしごんすい》、椎本才麿《しいのもとさいまろ》、山口素堂《やまぐちそどう》、上島鬼貫《うえじまおにつら》、松尾芭蕉《まつおばしょう》たちである。なかでも松尾芭蕉《まつおばしょう》は、若《わか》いころから北村季吟《きたむらきぎん》を師《し》として貞門《ていもん》の俳諧《はいかい》を学び、二九歳《さい》のとき志《こころざし》を立てて江戸《えど》に下った。やがて独自《どくじ》の詩境《しきょう》に目ざめ、遊戯気分《ゆうぎきぶん》に満ちた貞門談林《ていもんだんりん》の俳風《はいふう》からぬけ出して、閑寂高雅《かんじゃくこうが》な蕉風俳諧《しょうふうはいかい》をつくりあげた。

芭蕉《ばしょう》は一六七八年、三五歳《さい》で、俳諧《はいかい》の宗匠《そうしょう》として独立《どくりつ》、日本橋《にほんばし》に門戸《もんこ》をかまえ着々と俳壇《はいだん》に地位《ちい》をきずいていったが、三七歳《さい》で突然《とつぜん》そうした生活を清算《せいさん》し、深川《ふかがわ》の地に居《きょ》を移《うつ》し静かな草《そう》庵《あん》生活に入る。この安住の境地《きょうち》を得て以来、芭蕉《ばしょう》は自然と人生への深い観照《かんしょう》を抱《いだ》き、いちじるしく内面的な重厚《じゅうこう》さを加えていった。「芭蕉野分《ばしょうのわき》して盥《たらい》に雨《あめ》を聞《き》く夜《よ》かな」など漢詩調《かんしちょう》の詩情《しじょう》の詠出《えいしゅつ》から新風へと脱皮《だっぴ》を試み、「かれ朶《えだ》に烏《からす》のとまりけり秋《あき》の暮《くれ》」「古池《ふるいけ》や蛙飛《かわずと》びこむ水《みず》の音《おと》」と、蕉風開眼《しょうふうかいがん》を示《しめ》す作品の誕生《たんじょう》にたどりつく。

ところがこの芭蕉庵《ばしょうあん》は、一六八二年冬の江戸《えど》の大火によって焼けてしまった。しかし芭蕉《ばしょう》は、一時の漂泊《ひょうはく》の生活から深《ふか》く悟《さと》るものがあり、四一歳《さい》から世を去るまでの十一年間、ほとんど雲《うん》水行脚《すいあんぎゃ》(修行《しゅぎょう》のため諸国《しょこく》をめぐり歩くこと)の生活を送ることになる。

まさに「⑧日々旅《ひびたび》にして旅《たび》をすみ処《か》とす」であった。『野《の》ざらし紀行《きこう》』『鹿島紀行《かしまきこう》』『笈《おい》の小文《こぶみ》』『更級紀行《さらしなきこう》』などのすばらしい⑨紀行俳文《きこうはいぶん》を生む旅である。とりわけ一六八九(元禄《げんろく》二)年三月からの奥羽《おうう》、北陸《ほくりく》の大行脚《だいあんぎゃ》を記した『おくのほそ道《みち》』は、俳文中《はいぶんちゅう》の傑作《けっさく》である。ここには蕉風《しょうふう》の完成を示《しめ》す、日本の風土のもつ情趣《じょうしゅ》と人間の心情《しんじょう》との融合《ゆうごう》「物我一如《ぶつがいちじょ》」の境地《きょうち》が見事に描《えが》かれており、「風雅《ふうが》の誠《まこと》」を追求した、わが国文学史上もっともすぐれた紀行《きこう》文学が生まれた。

⑧芭蕉《ばしょう》の『おくのほそ道《みち》』の中の言葉。
⑨紀行俳文《きこうはいぶん》——旅行の様子、見聞、感想などを書いた文章に俳句《はいく》をそえたもの。

俳仙群会図《はいせんぐんかいず》　江戸《えど》時代の代表的な俳人《はいじん》が14人描《えが》かれている。
（与謝蕪村画／柿衞文庫蔵）

◆「蕉門十哲《しょうもんじってつ》」と作品　＊十哲《じってつ》の名には異説《いせつ》もある。

名月《めいげつ》や畳《たたみ》のうへ《(え)》に松《まつ》のかげ　榎本其角《えのもときかく》
梅一輪一輪《うめいちりんいちりん》ほどの暖《あたた》かさ　服部嵐雪《はっとりらんせつ》
応々《おうおう》といへ《(え)》どたたくや雪《ゆき》の門《もん》　向井去来《むかいきょらい》
稲妻《いなずま》のわれて落《お》つるや山《やま》の上《うえ》　内藤丈草《ないとうじょうそう》
菜《な》の花《はな》の中《なか》に城《しろ》あり郡山《こおりやま》　森川許六《もりかわきょりく》
船頭《せんどう》の耳《みみ》の遠《とお》さよ桃《もも》の花《はな》　各務支考《かがみしこう》
けふ《(きょう)》も又庵《またいお》のかたからしぐれけり　志太野坡《しだやば》
うらやまし思《おも》ひ《(い)》きる時猫《ときねこ》の恋《こい》　越智越人《おちえつじん》
焼《や》けにけりされども花《はな》は散《ち》りすまし　立花北枝《たちばなほくし》
屋形船上野《やかたぶねうえの》のさくら散《ち》りにけり　杉山杉風《すぎやまさんぷう》

◆「俳諧中興《はいかいちゅうこう》」期の作品

冬枯《ふゆがれ》や雀《すずめ》のありく戸樋《とい》の中《なか》　炭太祇《たんたいぎ》
くさめして見失《みうしの》うたる雲雀《ひばり》かな　横井也有《よこいやゆう》
わが影《かげ》の壁《かべ》にしむ夜《よ》やきりぎりす　大島蓼太《おおしまりょうた》
人恋《ひとこい》し灯《ひ》ともし頃《ころ》を桜散《さくらち》る　加舎白雄《かやしらお》
秋《あき》の山《やま》ところどころに煙立《けむりた》つ　加藤暁台《かとうきょうたい》
山寺《やまでら》や誰《だれ》もまゐ《(い)》らぬ涅槃像《ねはんぞう》　三浦樗良《みうらちょら》
枯芦《かれあし》の日《ひ》に日《ひ》に折《おれ》て流《なが》れけり　高桑闌更《たかくわらんこう》
水《みず》のない川掘《かわほ》る人《ひと》や桃《もも》の花《はな》　堀《ほり》 麦水《ばくすい》

●蕉風俳諧《しょうふうはいかい》の復興《ふっこう》

一六九〇年代になると、蕉門十哲《しょうもんじってつ》とよばれる弟子《でし》たちの力もあって、天下の俳壇《はいだん》は蕉風《しょうふう》によってしめられ、芭蕉《ばしょう》門下は数千人に達する盛況《せいきょう》ぶりであった。しかし、一六九四年、五一歳《さい》で芭蕉《ばしょう》がなくなると、師《し》のあとをついだ宗匠《そうしょう》たちが流派《りゅうは》を争って統一《とういつ》を失い、蕉風《しょうふう》の詩精神《しせいしん》は四分五裂《ぶんごれつ》して低調となる。服部嵐雪《はっとりらんせつ》、向井去来《むかいきょらい》、内藤丈草《ないとうじょうそう》らのすぐれた俳人《はいじん》が蕉風《しょうふう》を受けつぐが、大きな流れとはならなかった。その後俳諧《はいかい》にとっては、八十年におよぶ長い低迷期《ていめいき》が続いたが、明和《めいわ》から天明期《てんめいき》（十八世紀後半）になると、蕉風復帰《しょうふうふっき》の運動が各地におこった。まず明和《めいわ》のころ（一七六〇年代）、京都に清新《せいしん》で高雅《こうが》な俳風《はいふう》をはじめた炭太祇《たんたいぎ》などがあらわれ、尾張《おわり》からは横井也有《よこいやゆう》が出て『鶉衣《うずらごろも》』という通俗優美《つうぞくゆうび》な俳文集《はいぶんしゅう》を著《あらわ》した。続いて京阪《けいはん》には与謝蕪村《よさぶそん》、高桑闌更《たかくわらんこう》、江戸《えど》に大島蓼太《おおしまりょうた》、加舎白雄《かやしらお》、尾張《おわり》に加藤暁台《かとうきょうたい》、伊勢《いせ》に三浦樗良《みうらちょら》、加賀《かが》に堀麦水《ほりばくすい》が出て、それぞれ蕉風《しょうふう》をもとにした俳諧革新運動《はいかいかくしんうんどう》を展開《てんかい》した。これが天明《てんめい》の「俳諧中興《はいかいちゅうこう》」である。

なかでも蕪村《ぶそん》は、芸術的《げいじゅつてき》な資質《ししつ》に富《と》み、画家としても一流で池大雅《いけのたいが》とともに南画《なんが》[⑩]の双璧《そうへき》とされた。「五月雨《さみだれ》や大河《たいが》を前《まえ》に家二軒《いえにけん》」「春《はる》の海終日《うみひねもす》のたりのたりかな」「牡丹散《ぼたんち》つ《(っ)》て打《う》ち重《かさ》なりぬ二三片《にさんぺん》」などと、絵画的印象的な詩情《しじょう》をたたえた作品が多く見られる。他方、

御手討《おてうち》の夫婦《めおと》なりしを更衣《ころもがえ》…①
公達《きんだち》に狐《きつね》化《ば》けたり宵《よい》の春《はる》……②
鳥羽殿《とばどの》へ五六騎《ごろっき》いそぐ野分《のわき》かな…③
易水《えきすい》にねぶか流《なが》るる寒《さむ》さかな…④

のように、複雑《ふくざつ》な人事性物語性《じんじせいものがたりせい》（①）とか、空間的伝奇的趣味《でんきてきしゅみ》（②）、古典を基調《きちょう》とした作品（③・④）など、芭蕉《ばしょう》の主観的な傾向《けいこう》に対して、客観的な態度《たいど》で多方面からの取材と着想を得ていく点などが、蕪村《ぶそん》の特徴《とくちょう》となっている。

一八〇〇年代の文化文政期《ぶんかぶんせいき》になると、俳諧《はいかい》はますます大衆化《たいしゅうか》した。ただ結果的には質的《しってき》な低下はまぬがれようがなく、俗情《ぞくじょう》あふれる月並調《つきなみちょう》[⑪]が横行するようになった。

しかし地方では資質《ししつ》に恵《めぐ》まれて活躍《かつやく》した俳人《はいじん》も多く、なかでも小林一茶《こばやしいっさ》は時代の風潮《ふうちょう》にも一線を画《かく》し軽妙自在《けいみょうじざい》に俗語《ぞくご》や方言を駆使《くし》して生活の実感を赤裸々《せきらら》に詠《よ》み、独自《どくじ》の詩境《しきょう》をひらいた。

づ《(ず)》ぶ濡《ぬ》れの大名《だいみょう》を見《み》る炬燵《こたつ》かな…①
目出度《めでた》さも中位《ちゅうくらい》なりおらが春《はる》…②
痩蛙《やせがえる》まけるな一茶《いっさ》これにあり…③
有明《ありあけ》や浅間《あさま》の霧《きり》が膳《ぜん》をはふ《(う)》……④

など、風刺《ふうし》（①）、自嘲《じちょう》（②）、小動物への愛（③）から、詩情豊《しじょうゆた》かな作品（④）まで、多様な個性《こせい》をかがやかせている。

⑩南画《なんが》——中国でおこった画法の一つ。水墨《すいぼく》で風景《ふうけい》を描《えが》く。
⑪月並調《つきなみちょう》——正岡子規《まさおかしき》が、江戸《えど》時代末〜明治《めいじ》時代にかけての低俗《ていぞく》に流れた俳句《はいく》を指して「月並調《つきなみちょう》」とか、「月並俳句《つきなみはいく》」と呼《よ》んだ。

◆正岡子規《まさおかしき》の作品

柿《かき》くへ《(え)》ば鐘《かね》が鳴《な》るなり法隆寺《ほうりゅうじ》
行《ゆ》く我《われ》にとどまる汝《なれ》に秋二《あきふた》つ
若鮎《わかあゆ》の二手《ふたて》になりて上《のぼ》りけり
いくたびも雪《ゆき》の深《ふか》さを尋《たず》ねけり
糸瓜《へちま》咲《さい》て痰《たん》のつまりし仏《ほとけ》かな

◆「日本派《にほんは》」の作品

更《か(え)》へ更《か(え)》へて我《わ》が世《よ》は古《ふ》りし衣《ころも》かな　内藤鳴雪《ないとうめいせつ》
有《あ》るほどの菊《きく》抛《な》げ入《い》れよ棺《かん》の中《なか》　夏目漱石《なつめそうせき》
赤《あか》い椿《つばき》白《しろ》い椿《つばき》と落《お》ちにけり　河東碧梧桐《かわひがしへきごとう》
秋《あき》立《た》つか雲《くも》の音聞《おとき》け山《やま》の上《うえ》　石井露月《いしいろげつ》
月大《つきおお》きく枯木《かれき》の山《やま》を出《い》でにけり　寒川鼠骨《さむかわそこつ》
茶《ちゃ》を売《う(つ)》つて世《よ》を渡《わた》りけり更衣《ころもがえ》　坂本四方太《さかもとしほうだ》
日盛《ひざか》りに蝶《ちょう》のふれ合《あ(う)》ふ音《おと》すなり　松瀬青々《まつせせいせい》

◆尾崎放哉《おざきほうさい》・種田山頭火《たねださんとうか》の作品

咳《せき》をしても一人《ひとり》　尾崎放哉《おざきほうさい》
分《わ》け入《い(つ)》つても分《わ》け入《い(つ)》つても青《あお》い山《やま》　種田山頭火《たねださんとうか》

◆高浜虚子《たかはまきょし》の作品

遠山《とおやま》に日《ひ》の当《あた》りたる枯野《かれの》かな
流《なが》れ行《ゆ》く大根《だいこん》の葉《は》の早《はや》さかな
白牡丹《はくぼたん》といふ《(う)》といへ《(え)》ども紅《こう》ほのか
金亀子《こがねむし》擲《なげう》つ闇《やみ》の深《ふか》さかな
去年《こぞ》今年《ことし》貫《つらぬ》く棒《ぼう》の如《ごと》きもの

三 さまざまな俳句《はいく》の展開《てんかい》

●近代《きんだい》俳句《はいく》の試み

一八六八年に明治維新《めいじいしん》を迎《むか》え、日本は多方面において大きな変革《へんかく》をせまられ、近代化の波は伝統的《でんとうてき》な和歌《わか》、俳諧《はいかい》の世界にも影響《えいきょう》をおよぼした。その時流を受けて、江戸《えど》後期の宗匠俳諧《そうしょうはいかい》に決別すべく革新運動《かくしんうんどう》を展開《てんかい》したのが正岡子規《まさおかしき》である。

一八九二（明治《めいじ》二五）年に「日本《にほん》」新聞の記者となった子規《しき》は、『獺祭書屋俳話《だっさいしょおくはいわ》』を連載《れんさい》し、洋画家中村不折《なかむらふせつ》との交友から「スケッチ」の手法を学び「写生説」として、文学の上でも自然を正確《せいかく》に写しとることが大切であることを説いた。それは絵画的印象的作風の与謝蕪村《よさぶそん》の再評《さいひょう》価《か》にもつながり、蕪村《ぶそん》の⑫発句重視《ほっくじゅうし》の姿勢《しせい》を受けとめた子規《しき》は、「俳句《はいく》」という名称《めいしょう》で俳諧連句《はいかいれんく》から発句《ほっく》を独立《どくりつ》させ、個《こ》の自己表現《じこひょうげん》の定型として再生《さいせい》させた。

門下に内藤鳴雪《ないとうめいせつ》、夏目漱石《なつめそうせき》、高浜虚子《たかはまきょし》、河東碧梧桐《かわひがしへきごとう》、石井露月《いしいろげつ》、寒川鼠骨《さむかわそこつ》、坂本四方太《さかもとしほうだ》、松《まつ》瀬《せ》青々《せいせい》たちが集まり、新聞名から「日本派《にほんは》」とよばれた。さらに一八九八（明治《めいじ》三一）年、俳《はい》句雑誌《くざっし》『⑬ホトトギス』を主宰《しゅさい》することで、俳壇《はいだん》に大きな勢力《せいりょく》をきずき、他を圧倒《あっとう》した。

子規《しき》なきあとの俳壇《はいだん》は、同門の碧梧桐《へきごとう》と虚子《きょし》によって二分された。碧梧桐《へきごとう》は日本派《にほんは》をひきい、個性的《こせいてき》な自然観照《しぜんかんしょう》を重視《じゅうし》する立場をとり、伝統的《でんとうてき》な季語《きご》にとらわれず、定型にも制約《せいやく》されない新傾向《しんけいこう》へと転じていった。そこから荻原井泉水《おぎわらせいせんすい》などの⑭自由律運動《じゆうりつうんどう》が発生し、口語的表現《こうごてきひょうげん》をめざすようになる。この流れは後年、尾崎放哉《おざきほうさい》、種田山頭火《たねださんとうか》というユニークな作家を生み出した。

他方虚子《きょし》は、子規《しき》の『ホトトギス』を継承《けいしょう》し、新傾向《しんけいこう》の碧梧桐《へきごとう》とは反対の立場をとって、有季定型の伝統的《でんとうてき》な俳句観《はいくかん》から「客観写生《きゃっかんしゃせい》」を説き、さらに一九二七（昭和《しょうわ》二）年「花鳥諷詠《かちょうふうえい》」を俳句表現《はいくひょうげん》の第一義《だいいちぎ》とした。「花鳥《かちょう》」は花鳥風月《かちょうふうげつ》のことで自然界を指し、「諷詠《ふうえい》」には調子を整えて詠《よ》むことと讃美《さんび》することの二つの意味を込《こ》めて、伝統復帰《でんとうふっき》への強いスローガンとした。初期の『ホトトギス』では、村上鬼城《むらかみきじょう》、飯田蛇笏《いいだだこつ》、渡辺水巴《わたなべすいは》、原石鼎《はらせきてい》、前田普羅《まえだふら》たちのすぐれた俳《はい》人《じん》が生まれ、独自《どくじ》の才能《さいのう》を発揮《はっき》して、それぞれ俳壇《はいだん》のリーダーとして活躍《かつやく》した。

『ホトトギス』表紙４種

⑫ 発句《ほっく》——連歌《れんが》・俳諧《はいかい》の第一句《く》（五・七・五）を発句《ほっく》といい、次第に発句《ほっく》が一句《く》として独立《どくりつ》して作られるようになった。
⑬『ホトトギス』——1897（明治30）年、愛媛《えひめ》県松山《まつやま》で正岡子規《まさおかしき》の意により、柳原極堂《やなぎはらきょくどう》によって発行された俳誌《はいし》。
⑭ 自由律運動《じゆうりつうんどう》——短歌、俳句《はいく》を、定型にとらわれないで、自由な音数律《おんすうりつ》で詠《よ》もうとする運動。

◆初期『ホトトギス』の作品

冬蜂《ふゆばち》の死《し》にどころなく歩《ある》きけり　村上鬼城《むらかみきじょう》
芋《いも》の露連山影《つゆれんざんかげ》を正《ただ》しう《(しゅう)》す　飯田蛇笏《いいだだこつ》
頂上《ちょうじょう》や殊《こと》に野菊《のぎく》の吹《ふ》かれ居《お》り　原《はら》　石鼎《せきてい》
奥白根《おくしらね》かの世《よ》の雪《ゆき》をかがやかす　前田普羅《まえだふら》

◆四Sの作品

冬菊《ふゆぎく》のまとふ《(う)》はおのがひかりのみ　水原秋櫻子《みずはらしゅうおうし》
ひつ《(っ)》ぱれる糸《いと》まつ《(っ)》すぐや甲虫《かぶとむし》　高野素十《たかのすじゅう》
葛城《かつらぎ》の山懐《やまふところ》に寝釈迦《ねじゃか》かな　阿波野青畝《あわのせいほ》
夏草《なつくさ》に汽罐車《きかんしゃ》の車輪《しゃりん》来《き》て止《とま》る　山口誓子《やまぐちせいし》

◆「人間探究派《にんげんたんきゅうは》」の作品

勇気《ゆうき》こそ地《ち》の塩《しお》なれや梅真白《うめましろ》　中村草田男《なかむらくさたお》
万緑《ばんりょく》の中《なか》や吾子《あこ》の歯生《はは》え初《そ》むる　中村草田男《なかむらくさたお》
雉子《きじ》の眸《め》のかう《(こ)》かう《(こ)》として売《う》られけり　加藤楸邨《かとうしゅうそん》
しづ《(ず)》かなる力満《ちからみ》ちゆき蝗蚸《ばった》とぶ　加藤楸邨《かとうしゅうそん》
バスを待《ま》ち大路《おおじ》の春《はる》をうたがは《(わ)》ず　石田波郷《いしだはきょう》
雁《かりがね》や残《のこ》るものみな美《うつく》しき　石田波郷《いしだはきょう》

●現代俳句《げんだいはいく》のめざすもの

昭和《しょうわ》時代になると、水原秋櫻子《みずはらしゅうおうし》、高野素十《たかのすじゅう》、阿波野青畝《あわのせいほ》、山口《やまぐち》誓子《せいし》たちが台頭して、俳号《はいごう》に共通するSから四Sとよばれ、『ホトトギス』は第二の隆盛期《りゅうせいき》をむかえた。そのなかで秋櫻子《しゅうおうし》は従来《じゅうらい》の写生ではあきたらず、そのうえに、斬新《ざんしん》な取材と着想による創作力《そうさくりょく》や想像力《そうぞうりょく》を駆使《くし》する「表現《ひょうげん》の手」を加えるという、西欧《せいおう》の印象画風の清新《せいしん》な作風をかかげて『ホトトギス』をはなれ、『馬酔木《あしび》』を創刊《そうかん》した。誓子《せいし》もこの流れに同調し、新興俳句運動《しんこうはいくうんどう》は大きく前進する。そこでは、加藤楸邨《かとうしゅうそん》、石田波郷《いしだはきょう》、石橋辰之助《いしばしたつのすけ》、高屋窓秋《たかやそうしゅう》たちといった優秀《ゆうしゅう》な俳人《はいじん》が育ち、青春性《せいしゅんせい》に富《と》む流麗《りゅうれい》な作品群《さくひんぐん》を通して、『馬酔木《あしび》』は青年俳人《はいじん》たちを魅了《みりょう》して圧倒的《あっとうてき》な支持《しじ》を得ていった。

その他に『天《あま》の川《がわ》』の吉岡禅寺洞《よしおかぜんじどう》、『旗艦《きかん》』の日野草城《ひのそうじょう》、富沢赤黄男《とみざわかきお》、『京大俳句《はいく》』からは平畑静塔《ひらはたせいとう》、西東三鬼《さいとうさんき》、三谷昭《みたにあきら》、渡辺白泉《わたなべはくせん》、三橋敏雄《みつはしとしお》の有力作家や新鋭作家《しんえいさっか》が登場し、それぞれ新興俳句運動《しんこうはいくうんどう》の拠点《きょてん》として、大きな役割《やくわり》を果たした。

一方、『ホトトギス』では、川端茅舎《かわばたぼうしゃ》、松本《まつもと》たかし、中村草田男《なかむらくさたお》、女流の中村汀女《なかむらていじょ》、星野立子《ほしのたつこ》たちが活躍《かつやく》する。そのなかで草田男《くさたお》は、楸邨《しゅうそん》、波郷《はきょう》とともに「人間探求派《にんげんたんきゅうは》」と名づけられた。それは実生活に密着《みっちゃく》した人間の内面や思想あるいは境涯性《きょうがいせい》を探求《たんきゅう》しようとする、伝統《でんとう》と新興《しんこう》とのはざまに開いた第三の立場ともいえよう。三者三様のめざましい個性《こせい》の開花であった。

一九四六（昭和《しょうわ》二一）年、桑原武夫《くわばらたけお》の『第二芸術論《だいにげいじゅつろん》』が発表された。それは現代俳句《げんだいはいく》の文学《ぶんがく》性《せい》を根底から否定《ひてい》し、思想性《しそうせい》の欠ける俳句《はいく》は第二芸術《だいにげいじゅつ》にしか価《あたい》しないという、手きびしい内容《ないよう》であった。俳界《はいかい》からの強い反論《はんろん》が見られたが、俳句《はいく》の本質《ほんしつ》の追求や社会性《しゃかいせい》への意識《いしき》をめざめさせるきっかけを与《あた》える結果にもなった。その推進役《すいしんやく》をになったのが澤木欣一《さわききんいち》、金子兜太《かねことうた》、古沢《ふるさわ》太穂《たいほ》たちの新鋭《しんえい》で、精力的《せいりょくてき》な活動により、「前衛俳句《ぜんえいはいく》」とよばれる作品群《さくひんぐん》のさきがけとなった。

一九五五（昭和《しょうわ》三十）年以降《いこう》は、伝統俳《でんとうはい》句を守ろうとする人々のなかからもすぐれた作家が出現《しゅつげん》した。飯田龍太《いいだりゅうた》や森澄雄《もりすみお》たちで、有季定型のもと風土と生活に根ざしたみずみずしい抒情《じょじょう》を、感性鋭《かんせいするど》く詠《うた》い上《あ》げた。橋本多佳子《はしもとたかこ》、三橋鷹女《みつはしたかじょ》、桂信子《かつらのぶこ》、細見綾子《ほそみあやこ》らの女流俳人《じょりゅうはいじん》の登場も特筆すべきことであった。

さらに、現在《げんざい》の俳句《はいく》の大いなる盛況《せいきょう》の背景《はいけい》には、テレビや新聞といったマスコミなどを媒介《ばいかい》として、新しい感覚を俳壇《はいだん》に注ぎこんだ鷹羽狩行《たかはしゅぎょう》、岡本眸《おかもとひとみ》などのすぐれた活躍《かつやく》がある。

〈参考文献〉　俳文学大辞典（角川書店）／国文学史新講　次田潤　著（明治書院）／日本文学史（明治書院）／古典の事典（河出書房）／明治俳壇史　村山古郷　著（角川書店）／大正俳壇史　村山古郷　著（角川書店）／昭和俳壇史　村山古郷　著（角川書店）／俳句への一歩（俳人協会）／俳句入門（ＮＨＫ学園）

●監修
長谷川秀一　東京都中学校国語教育研究会会長
東京都練馬区立開進第一中学校校長
原　雅夫　東京都武蔵野市立第三中学校校長

●季語解説執筆・例句選択・写真選択
池田芳子　東京都杉並区立杉森中学校校長
吉川雅夫　元東京都新宿区立四谷第二中学校教諭
川北　肇　元東京都豊島区立第十中学校教諭
篠原圭絵　東京都中野区立第一中学校教諭
大井夏子　東京都練馬区立大泉中学校講師
土肥尚紀　東京都目黒区立第七中学校教諭

●校閲
藺草慶子　社団法人俳人協会幹事
東京都新宿区立西新宿中学校教諭

●巻末資料執筆
二川茂徳　社団法人俳人協会幹事
城西大学附属城西高等学校国語科教諭

表紙装丁――杉浦範茂
本文デザイン――(株)太田事務所〈太田克己・新名由花〉
編集――(株)冬陽社〈渡部のり子・石田優子〉
ミエズオフィス〈太田美枝〉・真壁直子
構成――岡村　洋
写真撮影――(株)芳賀ライブラリー／大澤秀一
写真提供――(株)芳賀ライブラリー／(株)丹溪／(株)田中光常動物写真事務所／
フォトライブラリー明星／コーベット・フォトエージェンシー／
海野和男写真事務所／時空工房／(株)世界文化フォト／読売新聞社／
オアシス／OPO／アルピナ

参考文献●新日本大歳時記・春(講談社)／日本大歳時記・春(講談社)／大歳時記・第1巻・句歌春夏(集英社)／ハンディ版入門歳時記(角川書店)／新版・俳句歳時記(雄山閣)／映像俳句歳時記・鑑賞読本(日本通信教育連盟)／鑑賞俳句歳時記・春(文藝春秋)／草木花歳時記・春(朝日新聞社)／日本名句集成(學燈社)／俳文学大辞典(角川書店)／集成・昭和の俳句(小学館)／現代俳句集成(立風書房)／現代俳句の鑑賞101(新書館)／現代詩歌集(角川書店)／俳句年鑑(角川書店)／必携季寄せ(角川書店)

ジュニア版　写真で見る俳句歳時記①　　**NDC911　71P　27cm**

ジュニア版 写真で見る俳句歳時記―春１

2003年４月７日　第１刷発行　　2018年９月30日　第10刷発行

監修者　長谷川秀一・原　雅夫
発行者　小峰広一郎
発行所　株式会社 小峰書店　〒162-0066 東京都新宿区市谷台町４−15
電話 03-3357-3521　FAX 03-3357-1027
文字組版　株式会社 タイプアンドたいぽ
印刷　株式会社 三秀舎
製本　小髙製本工業株式会社

ISBN978-4-338-18801-2